여행의 쓸모

여행의 쓸모

정여울 글
이승원 사진

STUDIO : ODR

슬픔을 떨치게 하는
여행의 힘

누군가를 용서하기 위해 여행을 떠나본 적이 있나요. 누군가를 완전히 놓아주기 위해 여행을 떠나본 적이 있나요. 아픈 과거로부터 스스로를 완전히 해방시켜주기 위한 여행을 떠나본 적이 있나요.

저는 그런 여행을 떠난 적이 있습니다. 함께 있으면 도저히 그를 놓아줄 수 없을 것 같아서, 함께 있으면 도저히 그 모든 일들을 잊을 수 없을 것 같아서, 아주 멀리 여행을 떠난 적이 있습니다.

몸과 마음의 기운을 온전히 다 쏟아부은 여행이 끝나고 나니, 마음의 맨 밑바닥에서 무언가가 만져졌습니다. 그를 놓아주지 못했던 내 마음의 정체가 그제야 보였습니다.

나는 비로소 그를 놓아주지 못한 건 그를 향한 사랑 때문만이 아니라 '우리가 함께한 시간'을 향한 사랑 때문이었음을 깨달았습니다. 그가 떠나도, 내가 떠나도, '우리가 함께 한 시간'만은 사라지지 않는다는 것을 깨달았습니다.

우리가 서로를 떠나도 우리가 함께한 시간의 소중함은 지워지지 않는다는 것을 깨닫고 나서야, 그제야 그를 온전히 떠날 수 있게 되었습니다.

여행에는 그런 마력이 있습니다.

아름다운 장소를 찾아 떠나는 여행도 좋지만, 그 모든 일을 겪었음에도 여전히 꿋꿋하게 버텨준 나 자신을 만나기 위한 여행은 더욱 아름답습니다. 여러분 또한 그런 아름다운 여행의 주인공이 되기를. 소비를 위한 여행, 사진찍기를 위한 여행에 그치지 않고, 더 깊고 풍요로운 나 자신의 삶을 만나는 여행자가 되기를.

더 많이, 더 멀리 떠날수록 더욱 나다워지는 사람이 되고 싶습니다. 어디서나 집처럼 편안함을 느끼고, 어디서나 잘 먹고 잘 자며, 어디서든 주눅들지 않는 자유로운 영혼을 지니고 싶습니다. 이 책은 내게 이렇게 더 나다운 나로 살 용기를 준 여행의 기록입니다. 당신 또한 이 책을 통해 더욱 '찬란한 나다움'을 향해 날아오르는 행운의 주인공이 되기를.

2023년 4월
비 오는 런던 거리에서
정여울

Contents

순간은 힘이 세다

1

흑백으로 찍어야
더 아름다운 풍경이 있다.

아이는 비누 거품 풍선을 바라보며
마치 단 한 번뿐인 생의 기회를
잡아야 한다는 듯 온 힘을 다해 질주한다.
저 비누 거품 풍선은 5초 내로
영원히 사라질 테니까.
소년의 저 눈빛, 저 달음박질도.

오직 한 번뿐인 반짝임을 찾아
오직 한 번뿐인 몸짓과 미소와 환희를 찾아
나는 오늘도 배낭을 꾸린다.

뒷모습에도
표정이 있다

노르웨이의
달스니바 전망대

여행자가 되면 타인의 뒷모습을 가만히 바라보는 일이 즐거워진다. 낯선 사람의 앞모습을 뚫어지게 쳐다볼 수는 없기에 뒷모습을 조용히 바라보며 '저 사람은 지금 무슨 생각을 하고 있을까' 궁금해하는 시간이 좋아진다. 그 뒷모습에서 때로는 나와 꼭 닮은 마음을, 때로는 나와 전혀 다른 차이를 발견해내곤 미소 짓는다. 사진 속 사람은 그날 내 마음과 꼭 닮은 생각을 하는 것만 같았다. 이곳은 누군가를 그리워하기 참 좋은 장소로구나. 이곳은 오래 머무른 채 눈물을 고요히 뚝뚝 흘려도 남의 시선이 신경 쓰이지 않는, 울기 좋은 장소로구나. 노르웨이의 달스니바 전망대에 앉아 나는 그렇게 오래오래 그리워하고, 실컷 울고, 그리고 괜찮아지고 싶었다. 저 쓸쓸한 여행자의 뒷모습처럼. 저 아름다운 산등성이처럼. 홀로 있기에 더욱 아름다운 이 세상 모든 사람과 나무와 산봉우리처럼.

천진함을
되찾다

쿠바 코히마르에서 만난
소녀

아이의 이름은 클라우디아. 헤밍웨이의 《노인과 바다》가 태어난
장소 코히마르에 갔다가 클라우디아를 만나 한참 동안 해변에서
뛰어놀았다. 클라우디아의 오빠와 언니까지 함께. 헤밍웨이의 흔
적을 오롯이 간직한 코히마르에서 이 아이를 닮은 소녀를 만나
면, 꼭 손을 흔들어주고 한동안 함께 놀아주길. 이 아이보다 조금
더 슬픈 눈망울을 가졌고 조금 더 키가 큰 아이는 클라우디아의
큰언니일 것이다. 잊지 마라. 이 영롱한 눈망울을 간직한 사랑스
러운 소녀의 이름은 클라우디아. 클라우디아를 만나 해변에서 뛰
놀던 그날 밤, 나는 처음으로 꿈속에서 까르륵까르륵 웃는 나 자
신의 미소를 보았다. 꿈속에서 나는 클라우디아의 키와 나이와
얼굴빛이 되어, 클라우디아와 함께 아기처럼 환하게 웃고 있었
다. 우는 꿈은 수없이 꾸었지만, 웃는 꿈은 처음이었다. 카리브해
의 작은 섬나라 쿠바는 내게 무의식 깊숙이 숨어 있던 진짜 내 모
습, 어린아이의 천진난만한 미소를 되찾아주었다.

시간을 여행하는
기쁨

영국 하워스의
증기기관차

브론테 자매의 흔적을 찾아 방문한 영국 하워스에서 뜻밖에도 증기기관차 시대의 영국을 만났다. 《폭풍의 언덕》의 작가 에밀리 브론테와 《제인 에어》의 작가 샬롯 브론테 자매가 살았던 하워스로 가기 위해 증기기관차를 타고 시간여행을 떠나는 느낌이었다. 당시에는 최첨단 교통수단이었던 증기기관차가 지금은 옛 시대의 유물이 되어 사람들에게 향수를 불러일으킨다. 어린 시절에 본 애니메이션 〈은하철도 999〉에 나올 법한 예스러운 제복을 입은 검표원 할아버지가 종이로 된 도톰한 기차표에 '펀칭'을 해줄 때는 아이처럼 까르르 미소가 절로 난다. 너무 기뻐서, 잃어버린 시간을 되찾은 것만 같아서. 일부 구간에서는 여전히 석탄을 연료로 삼는 이 고색창연한 증기기관차를 일부러 남겨놓은 영국 철도청의 결정에 새삼 감사하다. 우리는 장소만을 여행하고 싶은 것이 아니라 시간 또한 여행하고 싶기에.

감동의 바다에 함께
풍덩!

네덜란드의
진주 귀고리 소녀를
그리는 소녀

요하네스 페르메이르의 〈진주 귀고리를 한 소녀〉 앞에는 항상 사람들이 많다. 당연하다. 헤이그에 이 그림만 보러 가도 시간이 아깝지 않을 정도로, 〈진주 귀고리를 한 소녀〉는 보고 또 봐도 여전히 경이로운 아름다움의 모범 답안이 들어 있기 때문이다. 세 번째 방문에서 진주 귀고리 소녀를 그리는 소녀를 발견했다. 소녀는 주변의 소란스러움에도 아랑곳하지 않고 진주 귀고리 소녀의 천진무구한 표정과 영롱한 눈빛을 자신의 노트에 옮겨 담고 있었다. 이런 순간이 좋다. 예술의 순수한 아름다움에 넋을 잃는 순간, 그리고 예술의 아름다움에 눈뜬 수많은 관객이 국적과 남녀노소를 불문하고 '감동의 바다'에 함께 풍덩 빠지는 순간. 그 순간이 참으로 눈부시다.

살아 있는
것만으로도

로마의
트레비 분수

로마의 판테온에서 지친 숨을 몰아쉰 다음, 트레비 분수로 나와 아름다운 타인들을 발견했다. 트레비 분수 앞에서 인생샷을 찍으며 행복한 한때를 보내는 사람들. 나의 인생샷보다 타인이 인생샷을 찍는 모습이 더 뿌듯한 순간이었다. 위대한 존재들의 죽음을 기리는 판테온에서 나는 경이로움도 느꼈지만 움츠러드는 기분도 느꼈다. 위대한 존재들의 죽음을 향한 웅장한 애도로서의 건축을 바라보며 '한없이 작은 나'라는 존재가 잔뜩 위축되는 느낌. 때로는 인류의 웅장한 창조물을 볼 때, 그에 비해 한없이 보잘것없는 나의 모습이 부끄러워진다. 그러다 바깥으로 나와 트레비 분수로 가보니 '살아 있는 우리'가 문득 더욱 소중해졌다. 살아 있고, 웃음 짓고, 사진 찍고, 다시 또 까르르 웃음 짓는 사람들이 너무나 아름다웠다. 우리는 살아 있다. 그것만으로도 충분하다. 그것만으로도 찬란하다.

앞 사진

24

환대를
상상하는 일

포르투갈의 항구 도시
포르투 사람들의 집

아름다운 대문과 창문을 보면 설렘을 참지 못하고 무작정 똑똑 문을 두드리고 싶다. 저기요, 차 한잔 얻어 마실 수 있을까요, 하고. 아름다운 창문들과 대문들에 반해, 별안간 나그네 심정이 되어본다. 길에서도 내가 헤매고 있으면, 나에게 먼저 다가와 말을 걸어주고, 어딜 가고 싶냐고 물어봐주던 사람들이니, 이들은 묻지도 따지지도 않고 차 한잔 내줄 것만 같다. 환대란 이렇다. 환대를 상상하는 것만으로도 마음이 따스하게 부풀어 오른다. 부끄러움 때문에 차마 실행하지는 못하지만 그런 상상을 하는 것만으로도 입가에 미소가 떠오른다. 창문 틈새로 환하게 미소 짓는 아이가 보일 것만 같다.

뒤 사진

숭고한
노동의 순간

인도의 7월은 매우 무더웠다. 습기와 더위에 유난히 약한 탓에 인도에서 여행의 기쁨보다는 고통을 더 많이 느꼈다. 미세먼지까지 심해서 파란 하늘 한 조각 보기 힘든 상황이 되자 나는 너무 풀이 죽은 나머지 '괜히 왔나' 싶은 마음에 홀로 투덜거리고 있었다. 그러다가 델리 시크교 사원으로 들어가게 되었다. 이곳에 가면 조금 시원할까 싶어서. 여기도 시원하지 않군, 혼자 투덜거리면서 입술을 비죽거리고 있었는데, 갑자기 마주한 광경에 그만 숙연해지고 말았다. 수많은 사람들에게 한 끼 식사를 마련해주기 위하여 그들은 잡담조차 전혀 하지 않고 오직 빵을 굽고 음식을 만드는 데 집중하고 있었다. 누군가를 먹이는 일의 숭고함이 가슴을 뜨겁게 채웠다. 더위도 짜증도 우울도 후회도 깡그리 잊어버렸다. 사람을 먹이는 일. 그것이야말로 가장 숭고한 노동임을 깨닫는 순간의 환희가 내 안에 가득 찼다.

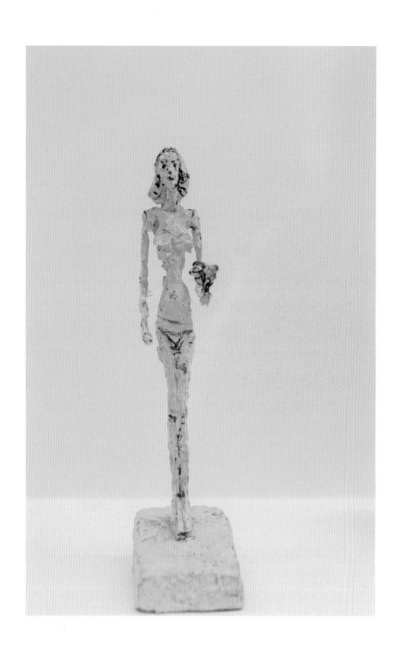

30

나를 즐겁게 하는
의외의 발견

프랑스 생폴드방스
매그 재단

이렇게 작고 귀여운 자코메티의 작품이라니. 자코메티의 조각상 중에는 미니어처처럼 아주 작은 작품들이 있다. 생폴드방스 매그 재단은 그야말로 세계 최고의 자코메티 콜렉션을 소장하고 있다고 봐도 무방하다. 재단 건물은 거의 궁벽진 시골에 자리하고 있지만, 소장하고 있는 작품은 세계 최고의 박물관들과 어깨를 나란히 견줄 만하다. 이런 의외성이 너무 좋다. 깊고 깊은 산골에 가까운 이 아름답고 외딴 마을에서 자코메티는 물론 호안 미로, 알렉산더 칼더 등 유명한 현대미술 작가들의 결작을 무수히 만날 수 있다니.

피카소가 반한
바다

프랑스
앙티브 해변

바다는 여름 휴가지로 인기 높은 장소지만 겨울 바다에도 특별한 매력이 있다. 한겨울의 추위를 잊게 만드는 따스한 남쪽 바다의 푸르름이 더더욱 반갑기 때문이다. 피카소는 이곳에서 노년기를 보내며 행복한 시간을 맞았다. 한겨울에도 싱그러운 에메랄드빛으로 빛나는 바다를 보면 피카소의 마음이 저절로 이해된다. 파리의 겨울은 혹독하다. 아무리 화려한 파리라 해도 한겨울의 우중충한 날씨를 견디기가 어려웠기에 나는 앙티브로 '하늘 바라기'를 하러 갔다. 한겨울에도 무궁무진한 따스함과 무시무시한 푸르름을 느끼고 싶다면 이곳으로 가자. 바다의 푸르름과 하늘의 푸르름이 마치 거대한 데칼코마니처럼 우리 앞에 펼쳐질 것이다.

앞 사진

떠나기 전
차 한 잔

프랑스 리옹역
트레인블루

세상에서 가장 아름다운 기차역 카페를 고르라면 나는 리옹역 트레인블루를 고르고 싶다. 기차역에서는 보통 간단하게 커피 한잔하고 혹시나 짐을 도둑맞을까 봐 정신 바짝 차리고 있게 마련인데 (기차역에는 소매치기가 많다) 이곳에서는 마음 탁 놓고 향기로운 차 한 잔 마시며 기차 시간을 기다려도 좋다. 화려한 천장화는 물론이고 우아하기 이를 데 없는 직원들의 미소 또한 좋다.

뒤 사진

입장시 마스크를
착용하세요

프랑스 파리의
서점

팬데믹을 견디게 해준 가장 큰 힘은 이런 따스함, 다정함 그리고 사랑스러움이었다. 파리에서는 마스크를 끼고 입장하라는 안내문조차도 이렇게 사랑스럽다. 주인이 직접 만든 것 같은 앙증맞은 안내판을 바라보고 있자니, 마스크를 쓰고서라도 꼭 열심히 서점에 다녀야겠다는 생각이 절로 든다. 마스크만 쓴다면 얼마든지 온 세상 서점을 다 갈 수 있는 세상이라면, 그 또한 얼마나 다행스러운 일인가. 파리의 서점을 아름답게 하는 것은 서점 주인들의 이런 유머러스함이다. 문학 전문 서점인 이곳에서는 프루스트, 발자크, 위고의 작품들이 마치 다정하게 손짓하듯 손님들을 반긴다.

비눗방울 흩날리는
오후

체코
프라하

비눗방울을 보면 나는 아직도 설렌다. 한겨울에도 비눗방울을 보면 봄볕의 어린아이처럼 마음이 팔랑거린다. 비눗방울은 지극히 평범해 보이는 일상조차도 무언가 특별하고 신비롭게 만든다. 비눗방울을 뿜으며 뛰놀 수 있는 한, 우리의 아이들은 아직 괜찮을 것만 같다. 그것을 바라보는 우리 어른들도, 문득 괜찮아진다. 행복한 순간들을 저 흩날리는 비눗방울 속에 영원히 간직할 수만 있다면. 비눗방울은 영원으로 박제하고 싶은 순간을 실어 나르는, 눈부신 타임캡슐이다.

리스본의
상징으로 남다

살아 있을 때 고흐처럼 외로운 예술가였던 작가 페르난두 페소아. 아무에게도 제대로 이해받지 못한 채 쓸쓸하게 세상을 떠난 그가 이제는 리스본의 상징이 되었다. 지하철표에도 페소아의 얼굴이 그려져 있고, 거리의 화가들도 페소아의 초상화를 그려 팔고, 사람들이 가장 많이 모이는 광장에는 페소아의 동상이 있다. 저명한 정치가나 군인이 아니라 홀로 조용히 글을 쓰는 작가를 도시의 상징으로 삼은 리스본이 좋다. 페소아의 동상은 아이들이 장난이라도 치면 다 받아주는 동네 아저씨처럼 친숙하다.

가장 가보고 싶은
남의 집

미국 콩코드
작은 아씨들의 집

세상에서 가장 가보고 싶은 '타인의 집', 바로 《작은 아씨들》의 작가 루이저 메이 올콧의 집이다. 《작은 아씨들》은 어린 시절 《빨강머리 앤》 못지않게 열광했던 책. '우당탕탕' 딸부잣집 첫째 딸인 나였기에, '요절복통' 딸부잣집 조 마치 가족의 이야기에 더욱 뜨겁게 공감했다. 아무리 힘든 일이 있어도 자매들끼리 수다로 모두 털어내면 모든 슬픔이 눈 녹듯 사라지는 그런 집. 세 딸과 엄마가 매일매일 수다를 떠는 우리 집도, 《작은 아씨들》의 매기, 조, 베스, 에이미도 그랬다.

자매들이 책을 읽고 뜨개질을 하며 이야기를 나누던 거실, 작가가 늘 글을 썼던 낡은 책상, 자매들이 웃고 울며 아버지가 보낸 편지를 읽던 난롯가, 자매들이 애지중지하며 보살피던 낡은 헝겊 인형까지. 작은 아씨들의 집, 오처드 하우스에는 모두 남아 있다. 낡은 마루에서 나는 삐걱거리는 소리까지, 손때가 묻어 원래의 색을 알아볼 수 없는 의자 모서리까지, 하나하나가 모두 정겹다.

책들이
노래하는 곳

아르헨티나
엘 아테네오 서점

서점이 이토록 아름다울 수 있다니. 오래된 오페라 하우스를 서점으로 개조한 이곳은 세상 모든 책들이 저마다의 목소리로 아름다운 노래를 부르는 듯한 느낌을 준다. 부에노스아이레스는 세계에서 서점이 가장 많은 도시라고 한다. 엘 아테네오 서점 곳곳에서 책을 읽고 있는 사람들을 보며, 마음이 훈훈해졌다. 영상 미디어의 시대라며 많은 이들이 '책을 읽지 않는 요즘 사람들'을 걱정하지만, 아직은 희망이 있다고. 서점이야말로 세상에서 가장 아늑한 피난처임을 아는 사람들이, 아직은 참 많이 남아 있다고.

파도 앞에서의
달콤한 휴식

쿠바
아바나의 말레콘

쿠바에서 나는 꾸밈없는 색채의 향연을 경험했다. 자연의 색채와 인공의 색채가 어우러져 저절로 아름다운 하모니를 이루는 장면들이 끊임없이 이어졌던 것이다. 특히 자연의 파랑과 인공의 파랑이 눈부신 하모니를 이루는 장면이다. 하늘의 파랑, 바다의 파랑, 올드카의 파랑이 마치 드라마틱한 삼중주를 연주하는 것만 같았다. 하늘의 파랑은 피아노처럼 다채롭고, 바다의 파랑은 첼로처럼 그윽하며, 올드카의 파랑은 바이올린처럼 화려하게, 저마다 자신의 멜로디를 뿜어낸다.

앞 사진

베를린에서의
완전한 자유

독일 베를린
페르가몬 박물관

여행조차도 마치 모범생이 기말고사 준비하듯 철저히 계획을 짜던 내가 베를린에서는 왜 그토록 여유를 부렸을까. 그것은 항상 '목적'과 '결과'에 충실하려고 노력했던 내 삶의 방식을 어느 순간 충동적으로 바꾸었기 때문이다. 그동안 나는 지쳐 있었다. 완벽한 스케줄표를 먼저 세워놓고 어떻게든 그것에 내 몸을 끼워 맞추려 했던 과거와 달리, 베를린에서 나는 내 몸과 마음에 스케줄을 맞췄다. 사실 스케줄이랄 게 거의 없었다. '오늘은 여길 가야겠다'는 생각도 없이 숙소를 나와 하염없이 걸어 다닌 적도 많았다. 이제껏 나는 끊임없이 무리한 계획을 짜고 '그 계획과 목적에 부합하지 못하는 내 삶'을 질책해왔던 것이다. 베를린에 다녀온 뒤 나는 일정표를 짜는 일을 그만두었다. 최소한의 약속과 원고 마감 일자만 휴대전화 달력에 표시해놓고, 나머지 시간은 그날그날 '내가 하고 싶은 일을 하며 살자'고 마음먹었다. 스케줄로부터의 완전한 해방이 주는 달콤한 휴식이 나를 비로소 편안히 숨 쉬게 한다.

뒤 사진

베를린의 페르가몬 박물관에서 역사의 장엄한 발자취를 느껴보는 시간.

뉴욕 여행의
시작점

뉴욕
타임스퀘어

뉴욕에 가면 '하고 싶은 일들의 리스트'가 워낙 많아서 무엇부터 해야 할지 결정하지 못하는 대혼란에 빠질 수 있다. 차분하게 지도를 펼쳐놓고 '어디부터 가야 할까' 고민을 해봐도, 지도 자체가 워낙 복잡하기 때문에 마음의 길을 잃기 쉽다. 그럴 땐 우선 타임스퀘어에서부터 시작해보면 어떨까. 타임스퀘어는 전 세계에서 몰려든 여행자들과 뉴욕 현지인들이 뒤섞여 그야말로 '온 세상 사람들이 여기 다 모여 있는 것 같은' 즐거운 환상을 심어준다. 언어도 인종도 문화도 다른 사람들이 저마다의 개성을 물씬 드러내며 그저 그곳에 있는 것만으로도 '여기가 바로 뉴욕이로구나' 하고 감탄하게 된다.

마음이 스르륵
열리는 시간

프랑스
뮤셈 박물관 카페의
정겨움

유럽 여행을 다니다 보면 다정하게 말을 걸어오는 사람들이 많
다. 카페에는 모르는 사람에게도 왁자지껄하게 건배를 청하는 사
람들이 넘쳐난다. 옆 테이블은 물론 앞 테이블, 뒤 테이블에서도
온갖 언어들로 말을 걸어오는 사람들. 이런 사람들 앞에서 어떻
게 마음의 빗장을 닫아두겠는가. 여행을 할 때마다 점점 말랑말
랑해지는 내 영혼은 스스로를 이렇게 타이른다. '아직은 느낄 수
있어, 이 세상의 온갖 아름다움을. 감정이 풍부한 것은 죄가 아니
야. 섬세한 감정은 강인함의 또 다른 징후야.'

진정한 자신을 찾은
헤세의 고장

스위스
몬타뇰라

헤르만 헤세가 40년 동안 살았던 몬타뇰라의 골목길을 걸으며, 험준하게만 느껴졌던 알프스가 정겨운 동네 뒷산처럼 인가人家 가까이에서도 접근할 수 있는 산임을 깨달았다. 알프스산맥이 워낙 광활하게 펼쳐져 있어 몬타뇰라 쪽에서 굽어보는 알프스는 별다른 등산 장비 없이도 동네 뒷산처럼 쉽게 오를 수 있는 또 하나의 매력적인 얼굴을 보여주었다. 헤세는 몬타뇰라라는 작은 시골 마을에서 비로소 세속의 욕망에 찌들지 않는 진정한 자신의 모습을 찾았던 것이 아닐까.

앞 사진

60

각양각색의
일상이 모인 곳

미국 뉴욕의
센트럴파크

해가 뜨기 시작하면 사람들은 이른 산책을 하거나 조깅을 하며 센트럴파크의 활기찬 아침을 깨운다. 낮이 되면 핫도그나 샌드위치, 또는 집에서 마련해온 도시락을 펼쳐놓고 점심을 먹는 사람들도 있고, 유치원에서 소풍을 나온 아이들과 선생님들이 노래를 부르며 줄지어 걸어가기도 한다. 여행자들은 마부가 이끄는 알록달록한 마차를 타고 센트럴파크를 한 바퀴 돌기도 한다. 워낙 거대한 공원이기에 도보로 산책하려면 한나절도 모자라다. 자전거를 타는 사람, 보드를 타는 사람, 벤치에 앉아 조용히 책을 읽는 사람, 춤을 추는 사람……. 그야말로 각양각색의 사람들이 센트럴파크의 하루를 다채롭게 수놓는다. 특별히 좋아하는 장소는 센트럴파크 안에 있는 셰익스피어 가든과 셰익스피어 극장이다. 셰익스피어의 연극을 공연하는 곳이기도 한 이곳은 셰익스피어의 대사들을 팻말로 장식한 아름다운 정원과 오색찬란한 꽃들이 가을의 정취를 물씬 뿜어낸다.

뒤 사진

예술의 축복이
쏟아지는 도시

미국 뉴욕의 현대미술관
모마

모마 현대미술관에는 고흐의 그 유명한 〈별이 빛나는 밤〉과 〈사이프러스〉가 있고, 휘트니 뮤지엄에는 뉴욕 사람들의 고독과 우울을 화폭에 담은 화가 에드워드 호퍼의 걸작들이 있다. '프릭 컬렉션'에는 페르메이르의 걸작들이 자리 잡고 있다. 또한 모마 미술관에는 르느와르의 〈피아노 치는 소녀〉, 클림트와 샤갈의 걸작들, 피카소와 마티스의 걸작, 살바도르 달리, 프리다 칼로, 마크 로스코, 조지아 오키프, 에드워드 호퍼, 백남준의 걸작들이 쉴 새 없이 펼쳐진다. 미술관 안에 있는 카페에서 브라우니와 당근 케이크, 커피를 즐기며 저물어가는 뉴욕의 황혼을 바라보는 것은 뉴욕 사람들이 누릴 수 있는 또 하나의 축복이다.

어둠 속
구원의 빛처럼

영국 런던 템스강
책 벼룩시장

런던의 겨울밤은 유독 길고 지루하다. 저녁이 너무 일찍 시작되기 때문이다. 오후 3시만 되어도 벌써 어둑어둑해지는 런던의 유난스러운 잿빛 겨울. 그 속에서 나를 환하게 이끌어준 것은 바로 셰익스피어 글로브 극장에서 새어 나오던 이야기의 불빛이었다. 한밤중에도 이곳만은 유독 환하게 느껴진다. 셰익스피어 글로브 극장을 보면 유난히 그리워지는 사람이 있다. 바로 나의 멘토 황광수 선생님이다. 나는 선생님과 셰익스피어 글로브 극장에서 〈클레오파트라〉를 관람하기도 했고 서점에서 책을 고르며 따스한 담소를 나누기도 했다. 수많은 사람들의 삶과 사랑이라는 장작불로 피워 올린 이야기의 불꽃 덕분에 우리는 한겨울에도 추위를 잊을 수 있었다. 선생님은 세상을 떠나셨지만 선생님과 나눈 모든 이야기가 따스한 영혼의 불꽃이 되어 내 갈 길을 비추고 있다.

전성기의
마티스를 만나다

프랑스 니스의
마티스 박물관

화가 마티스의 다정한 미소가 눈길을 사로잡는다. 알고 보니 마티스는 젊은 시절 심한 마음고생을 했다. 늘 가난했고, 비전도 보이지 않았으며, 어디서도 자신을 온전히 지지해줄 후원자를 만나지 못했다. 그렇게 오랫동안 방황하던 마티스에게 비로소 찬란한 전성기를 안겨준 고장이 바로 니스다. 니스에 와서 마티스는 비로소 처음으로 평온함을 느꼈고, 그림 그리기에만 매진할 수 있는 환경을 만들었다. 나는 니스에서 마티스 박물관과 마티스 묘지까지 빠짐없이 둘러보며 아름다운 시간을 보냈다. 한겨울 속에 숨은 따사로운 봄빛이 마티스의 그림 곳곳에 스며들어 있었다. 《빈센트 나의 빈센트》를 쓰며 고흐의 슬픔에 찬 인생에 깊은 충격을 받았던 나는 이제 '행복한 노년기'를 보낸 아티스트들에 마음이 끌린다. 예술가들이 행복한 노년기를 보낼 수 있는 사회야말로 진정으로 살기 좋은 나라가 아닐까.

설렘,
봄,
기다림

영국 런던
하이드파크

어느 해 겨울의 끝자락, 나는 유난히 애타는 마음으로 봄의 흔적을 찾아다녔다. 봄이 오는 기운을 느낄 수만 있다면 오랜 번민과 고통을 잊을 수 있을 것만 같았다. 올 듯 말 듯, 아무리 기다려도 봄이 오지 않아 런던의 꽃집에서 수선화를 한 아름 산 날이었다. 꽃집에서만큼은 '아직 오지 않은 봄'을 서둘러 맞을 수 있으니까. 이른 아침 샛노란 수선화를 호텔 방에 꽂아둔, 그 약간의 '반칙'으로나마 봄날의 기운을 느껴보고 싶었다. 바로 그날 오후, 하이드파크에서 이 장면을 만났다. 하루하루 어서 빨리 봄이 오기를 기다리며 요란스럽게 수선을 피웠는데, 봄은 이미 성큼 다가와 있었다. 봄이 마치 '이번에도 내가 너보다 먼저 도착했지?'라고 의기양양하게 속삭이는 듯했다.

한없이 그쪽으로
걸어가는 사람이 좋다

프랑스
베즐레 수도원

나도 모르는 어떤 성스러운 기운에 압도될 때가 있다. 나는 '따로 믿는 신앙은 없다'고 말할 때 해방감을 느끼면서도, 종교 속에서 진정한 안식을 얻는 사람들을 보면 한없이 부럽다. 바로 이런 순간이다. 한없이 그쪽으로 걸어가는 사람이 아름다울 때. 그쪽이란, 한없이 성스러운 곳, 이성과 합리성을 넘어선 어떤 곳이다. 한없이 그쪽으로 가서 어떤 '화려한 것'을 붙잡으려 하기 때문이 아니라, 그저 그쪽으로 걸어가는 것만으로도 좋은 것이다. 한없이 그쪽으로 걷고 또 걸어도 길을 잃지 않을 사람. 설령 길을 잃어도 지상에 없는 새로운 길을 홀로 만들 것 같은 사람. 수녀님의 꼿꼿한 뒷모습을 바라보며 나는 그런 생각에 잠겼다. 베즐레 수도원에서 나는 '한없이 그쪽으로 걸어가도 좋을 사람'을 만났다. 그 하염없는 뒷모습만으로도 이미 우리는 더없이 다정한 친구가 된 것만 같았다.

영원한
별이 되다

스위스
몽트뢰

몽트뢰는 음악의 도시, 퀸의 도시다. 퀸의 보컬, 프레디 머큐리의 동상은 언제 보아도 가슴 설렌다. 내게 음악이란 이런 것, 아티스트란 이런 것, 자신이 사랑하는 일에 온몸을 던지는 삶이란 이런 것임을 가르쳐준 프레디 머큐리의 모습은 언제 보아도 가슴 뛴다. 너무 멋진 나머지 주변 관광객들이 모두 프레디 머큐리의 동상을 따라 하고 있었다. 그냥 따라 하기만 해도 기분이 좋아진다. 나도 프레디 머큐리의 포즈를 따라 해보지만 나의 팔다리는 왜 이토록 짧은가. 결코 멋져지지 않는 포즈를 원망하는 순간조차도 웃음이 나온다. 여행은 이렇게 내 나이와 신분과 체면을 모두 다 잊게 하는 마력이 있다.

어디서나
빛이 쏟아지고 있다

뉴욕
타임스퀘어

뉴욕의 밤거리를 바삐 걷다가 문득 어디선가 화사하게 빛이 쏟아지는 느낌에 뒤돌아보았다. 내가 빨리 걷느라 방금 뭔가 중요한 것을 놓친 것 같은데. 알고 보니, 그녀의 빛이었다. 붉은 레게 머리를 곱게 땋아 내린 이 여인의 놀랍도록 너그럽고 여유로운 표정이 나를 붙든 것이었다. 뭘 그렇게 바쁘게 움직이세요. 쉬엄쉬엄 살아도 좋을 텐데. 따뜻한 요리 한 접시 먹고 갈 시간 정도는 있을 텐데. 이렇게 속삭이는 듯한, 한없이 나른하고 다정한 표정. 모두가 정신없이 바삐 움직이는 타임스퀘어에서 오직 그 소녀만이 이상한 나라의 앨리스처럼 남다른 속도로 세상을 살아내고 있었다. 미하엘 엔데의 동화 속 '모모'가 현실 속에 현현한 것만 같은 순간이었다. 뉴욕의 한복판에서 우리의 파란만장하고 지리멸렬한 모든 이야기들을 묵묵히 다 들어줄 것 같은, 모모의 눈빛을 만났다.

아무리 바빠도
놓치지 말 것,
작은 천사의 날갯짓을

바삐 움직여야 할 때도 아름다운 장면은 꼭 눈에 들어온다. 파리에서 지하철을 서둘러 갈아타야 하는데, 지하철역에서 그냥 지나칠 수 없는 장면을 발견했다. 파리 오페라 가르니에의 발레 공연을 홍보하는 이미지였다. 나는 이승원 사진작가를 애타게 불렀다. "이 작가님, 이것 좀 찍어주세요." 이럴 때 이 작가는 나를 무서운 눈빛으로 노려본다. "바빠 죽겠는데, 넌 꼭 그러더라!" 그러면서도 이 장면을 재빨리 찍어주었다. 나는 이런 숨 가쁜 순간에 곧잘 아름답고 반짝이는 무언가를 발견하고, 이 작가는 앞서 걷다가도 나에게 돌아와 사진을 찍어준다. 가뿐히 날아오르는 듯한 발레리나의 춤 동작. 검지 하나 정도의 크기밖에 안 되는 작은 그림이었지만 볼 때마다 마음이 설렌다. 발레란 이런 것이로구나. 발레리나의 아주 작은 동작만 봐도 우리 마음은 날아오를 수 있구나. 찰칵, 사진을 찍던 그 찰나의 순간. 이토록 아름다운 몸짓이 마음속에 영원히 아로새겨졌다.

시간이 멈추는
장소

프랑스 파리의
튈르리 정원

이런 순간이 있다. 내가 어린 시절 즐겨 보던 애니메이션 〈이상한 나라의 폴〉같은 순간이라고 이름 붙일 만한. 주변의 모든 사람들과 다르게, 오직 특정한 사람들에게만 유난스레 다른 시간이 흘러가는 듯한 느낌. 〈이상한 나라의 폴〉에서는 모두가 멈춰버리고 폴 혼자서 움직이는 순간이 있다. 사랑에 빠진 커플에게는 모든 타인과 다른 시간, 오직 그들에게만 멈춰주는 시간이 흘러간다. 그 순간은 영원처럼 길게 기억되는 충만한 기쁨의 시간이다. 모두가 바삐 어디론가 가고 있는 북적이는 파리의 크리스마스 시즌에도, 이들 연인들의 사랑의 시간은 가장 눈부신 순간을 보석처럼 박제한 아름다움의 시간으로 남는다.

도시를 보살피고
돌보는 사람

여행자들이 한껏 달뜬 표정으로 도시 곳곳을 누비고 있을 때도, '도시를 창조하는 노동자들'의 바지런한 몸짓은 계속된다. 완벽하게 보존된 두브로브니크의 구시가지는 성곽의 벽돌과 기와 하나하나가 정성스러운 돌봄과 보살핌의 대상이다. 우리가 아름다움을 감상할 때 잊지 말아야 할, 간절한 노동의 소중함을 깨닫는 순간.

모든 순간이
놀이였으면

크로아티아
두브로브니크

어디선가 천사들이 재잘거리는 소리가 들려 뒤돌아보았더니 이런 모습이 펼쳐진다. 아이들을 바라보는 것만으로도 저절로 입가에 미소가 걸린다. 유럽 여행을 하다 보면 유난히 야외 학습을 하는 아이들과 자주 마주친다. 아이들에게는 모든 순간이 놀이이고 체험이고 교육이다. 그리하여 그 어떤 순간도 하찮거나 무의미하지 않다. 아이들은 친구들과 야외로 나오니 그야말로 신이 났고, 유치원 아이들을 인솔하고 나온 교사의 표정에서는 카리스마가 넘친다.

아이가 되고 싶은
순간

독일 드레스덴의
소녀들

문득 이름 모를 낯선 아이들의 순수한 놀이에 동참하고 싶을 때가 있다. 아이들이 꽃목걸이를 만드는 모습을 보니, 나도 옆에 나란히 주저앉아서 꽃송이를 달아주며 목걸이를 한없이 더 길게 늘어뜨려 주고 싶었다. 도란도란, 주저리주저리, 밑도 끝도 없이 수다를 떨며. 시간의 흐름 따위는 깡그리 잊고, 언니와 꽃목걸이를 만드는 소녀의 한없는 집중이 눈부시다.

저기요,
**자랑하고 싶은 것이
있어요**

노르웨이 베르겐에서 만난
귀여운 존재들

노르웨이 베르겐의 거리를 걷다가 강아지를 꼭 껴안고 있는 여성을 보고 환하게 웃었더니, 그녀는 마치 기다렸다는 듯 자신의 강아지를 자랑한다. 마음껏 사진 찍어도 좋단다. 두 강아지를 자랑스럽게 선보이는 주인님의 흐뭇한 미소. 사랑하는 존재를 늘 곁에 두는 사람들은 다정하고 강인해진다. 낯선 이들에게도 마음의 문을 쉽게 열어준다. 귀여운 반려견을 바라볼 때 누구나 '엄마 미소'를 짓는 것은 전 세계 공통의 몸짓 언어가 아닐까.

아무렇게나 흩어져도
아름다운

독일 베를린의
신호등 뒷면

무질서하게 붙여놓은 포스터와 스티커들조차 하나의 아름다운 예술작품이 되는 도시 베를린. 오래된 포스터를 일부러 떼지 않으니 포스터들은 책 더미처럼 켜켜이 쌓여간다. 베를린 사람들의 재치와 미적 감각이 그립다.

다른 것을 보는
서로를 보다

미국 뉴욕
메트로폴리탄 미술관

메트로폴리탄 미술관에는 캔버스 앞뒷면에 그림이 있는 작품들이 있다. 한 그림의 양쪽 면을 각자 바라보던 우리는 문득 시선이 부딪힌다. 소녀는 우리를 보고, 우리는 소녀를 본다. 나의 시선과 타인의 시선이 맞부딪히는 순간. 말을 걸지 않아도 말을 건 것 같은 느낌이다. 소녀는 우리의 눈 속에서 무엇을 보았을까. 나는 소녀의 눈 속에서 예술의 아름다움을 향한 간절한 열망을 보았다.

노을이 불타는
시간

스웨덴
왼쇠핑

긴 여행 중에는 다음 도시로 가는 길이 너무 멀어서, 잘 모르는 도시에서 무작정 하룻밤 쉴 때가 있다. 그리고 그곳에서 뜻밖의 절경을 선물받곤 한다. 스웨덴의 낯선 도시 왼쇠핑에서는 찬란한 노을을 만났다. 하늘 위에서 누군가가 데칼코마니를 위한 유성 물감을 흩뿌려놓은 것 같았다. 산책길이 온통 분홍색 노을빛으로 물들었다. 전혀 보정하지 않은 노을빛도 분홍색이었다. 특별한 구경거리가 없어도, 그저 하늘 바라기만 해도 좋은 시간이었다. 노을을 오래오래 바라보며 산책하다 보면 가슴속에 충만한 느낌이 차오른다. 이것으로 족하다. 아무것도 더하지 않아도 좋을 것 같은 충만한 저녁의 향기가 피어오른다.

앞 사진

오케스트라,
찬란한 하모니

핀란드
헬싱키

우연히 들어간 교회에서 너무도 훌륭한 오케스트라 연주가 장엄하게 펼쳐지고 있었다. 알고 보니 오케스트라의 리허설 시간이었다. 나는 이렇게 캐주얼한 차림을 한 연주자들이 리허설하는 모습을 좋아한다. 음악의 아름다움과 일상의 아름다움이 자연스럽게 섞이는 순간이어서. 본 공연처럼 실감 넘치면서도, 더 훌륭한 연주를 위해 '다시 한 번' 연습해보는 장면도 흥미롭고, 오케스트라와 지휘자 사이의 친밀한 대화와 무대에서는 잘 보이지 않는 속 깊은 소통의 장면도 재미있다. 인생에도 이런 리허설이 있었으면 좋겠다. 하지만 인생에는 리허설이 없어서, 나는 매순간 허둥거린다. 인생은 리허설 없는 즉흥연주이기에, 우리는 더욱 맹렬하게 연습하고, 준비하고, 힘을 길러야 한다.

뒤 사진

97

햇살 아래
눈부신 순간

프랑스
레 엉델리

신부의 하얀 드레스가 햇살 아래 눈부시다. 너무 화려하게 치장하지 않고 소박한 차림으로 촬영하는 모습도 좋았다. '이 순간은 단 한 번뿐일 거야'라는 깨달음의 시간이 있다. 저 커플이 이 자리에서 웨딩 촬영을 하는 시간은 단 한 번뿐이겠지. 우리는 통성명도 하지 않았지만 그래도 이 순간을 나눈 사이가 되겠지. 그 잠깐의 스쳐감만으로도 이토록 눈부신 추억이 탄생한다.

어디로
갔을까

오스트리아
할슈타트

신발을 벗어두고, 라면도 놓아두고, 게다가 시원한 맥주마저 남겨두고, 어디로 간 것일까. 걱정 마시라. 사물에도 표정이 있다. 이 사물들의 표정은 현재 '맑음'과 '밝음'이다. 신발의 주인은 곧 돌아올 것이고, 이곳에는 사람이 무척 많아 언제든 그를 도와줄 수 있을 것이다. 한가로이 호수를 바라보는 라면과 맥주는 하품을 하며 주인을 기다린다. 이 평화로운 호숫가의 풍경으로 미루어보건대 주인은 잠깐 볼일을 보러 갔거나 다른 데서 전화를 하고 있는 것이 아닐까. 맥주와 라면과 신발이 기다리고 있는 곳으로, 미소 지으며 곧 돌아올 것이다.

함께 있으면
다 괜찮아

이탈리아 로마
스페인 광장

아이들의 미소는 저 거대한 스페인 광장 전체를 환하게 밝혀준
다. 아이들은 이렇게 속삭이는 듯하다. 우리가 함께 있잖아. 그러
니까 다 괜찮아. 함께 있는 순간을 천국으로 만드는 사람이 있다.
그냥 너와 함께 있기만 해도 이 세상 어디나 천국이 된다.

당신은
참 행복한 사람

프랑스
그르노블

표정만 봐도 '아, 여기 사는 사람들은 행복하구나'라는 느낌이 들 때가 있다. 많은 이야기를 나누지 않아도, 무슨 모임인지 알 수 없어도, 그냥 '이 사람들은 행복하구나'라는 생각이 절로 들 때. 그르노블 거리 곳곳에서 나는 그런 무조건적인 환대의 미소와 손짓을 보았다. 이곳에는 '저를 좀 찍어주세요!'라고 손 흔들며 기꺼이 스스로 피사체가 되기를 자처하는 사람들이 넘쳐난다.

높은 곳은 무섭지만
그래도 아름다운

프랑스
그르노블

높은 곳에 올라가는 것이 두렵지만, 케이블카를 타고 오르기로 마음먹는다. 높이 올라가야만 보이는 것들이 있기 때문이다. 찌는 듯한 더위, 작열하는 태양 아래서 케이블카를 타면, 더위도, 고소공포도, 삶에 대한 온갖 걱정들까지, 그 모든 감정이 자잘하게 느껴진다. 방금 저 아득한 거리 위에서 땀을 뻘뻘 흘리며 손부채를 부쳤는데, 이렇게 높이 올라오니 방금 그 시간이 머나먼 태곳적의 이야기처럼 느껴진다. 나는 케이블카를 타는 데도 이렇게 큰 결심이 필요한데, 저 아래에서 이 땡볕 속을 꿋꿋하게 걸어서 산봉우리로 올라오는 사람들이 보인다. 저들이 진정한 여행 고수로구나. 나는 아직 멀었구나.

앞 사진

한없이
흔들리고 싶다

이탈리아
코모 호수

자꾸만 흔들리면서도 기이한 평온을 느낀 적이 있는가. 배 위에서 흔들리면서도, 나는 알 수 없는 평화로움을 느꼈다. 한여름 코모 호수가 바로 그런 곳이다. 흔들리는 배의 선실이 마치 엄마의 자궁처럼 편안하게 느껴진다. 나는 이 흔들리는 배처럼 자주 방황하지만, 그래도 괜찮을 것만 같았다. 출렁이면서도, 비틀거리면서도, 나는 나인 채로 온전하다. 완전하지는 않지만 온전하다. 가득 차지는 않았지만 충만하다. 더 이상 채우려 하지 말고, 있는 그대로의 나를 사랑하고 싶었다.

뒤 사진

예술이
나를 깨우는 시간

벨베데레 미술관은 변신을 거듭하는 역동적인 공간이다. 관람객들이 클림트뿐 아니라 다른 수많은 화가에게도 관심을 돌릴 수 있도록 다채로운 전시를 보여준다. 약 900년의 시간을 가로지르는 다양한 시대의 예술작품이 무려 1만 8천 600점이나 소장되어 있다. 클림트에 관심이 있어 벨베데레 미술관에 방문했다가 방대한 유럽 미술의 역사 전체에 관심을 갖게 되는 셈이다. 그곳에서는 수백 년 전에 피어난 꽃들, 수백 년 전의 초상화 속 주인공인 여인들과 아이들, 정확히 장소를 특정할 수 없는 이름 모를 나무들과 풀들까지도 여전히 살아 있는 느낌이다.

니스에 다시 간다면 이들의 연주와 노래를 다시 듣고 싶다. 니스 구시가지의 저녁을 아름다운 콘서트장으로 만들어주는 명연주. 흔한 곡인데도 이들이 연주하면 특별해지고, 찬란해진다. 음악으로 인해 밤거리가 온통 환해졌다.

꽃을 찾으러
왔습니다

런던
하이드파크

봄이 올 듯 말 듯 영 오지 않는 런던이었다. 피부로 느끼는 대기의 온도는 차가운데, 카페나 꽃집에서는 수선화가 호들갑스럽게 피어 있었다. 수선화는 가장 바지런하게 봄의 설렘을 실어나르는 전령 같았다. 내가 수선화를 발견할 때마다 반가운 친구를 만난 듯 사진을 찍고 있으니, 이승원 작가가 물었다. "꽃 찾으러 영국에 왔니? 꽃은 한국에도 많잖아." "런던의 수선화는 또 다르잖아." 변명했지만, 꽃만 보면 셔터를 눌러대는 나를 새롭게 발견했다. 다음 생이 있다면 식물학자나 정원사로 살아보면 좋겠다. 매일 꽃을 바라보며 보살필 수 있으니까. 런던의 잡화점에서 수선화 한 단을 사다가 호텔 방에 두었다. 생수와 과일과 샐러드 틈새에 위태롭게 끼어 있는 수선화는 홀로 화려한 드레스를 입고 외롭게 앉아 있는 소녀 같아서, 반드시 데려와야 할 것 같았다. 꽃병에 꽃을 생각도 못 하고 쓰러져 잠들었다. 잠들었다가 새벽에 일어나니 물 없이도 오직 줄기의 힘만으로도 활짝 피어나 있었다. 바깥 공기는 춥지만 호텔 방 안에는 봄이 한가득 피어나 있었다.

핀초 언덕은 연인들의 성지다. 핀초 언덕에 오르면 연인들은 아무런 이벤트나
꽃다발 같은 것 없어도 저절로 프로포즈 무드가 되나 보다. 연인들이 서로를 애
틋하게 바라보며 포옹하거나 키스하는 실루엣은 인간이 자신의 몸으로 만들어
낼 수 있는 가장 아름다운 곡선이 아닐까.

하트를 찾아
떠나는 여행

사랑을 찾아 떠나가는 사람들이 있다. 사랑을 지키기 위한 여행, 사랑을 발견하기 위한 여행, 사랑을 더욱 깊고 굳건하게 하기를 꿈꾸는 여행. 아름다운 강이나 다리 위에는 꼭 하트 자물쇠가 걸려 있는 이유도 바로 그 '사랑을 찾아 멀리멀리 떠나는 여행자들'의 꿈이 모여 있는 상징이 바로 '하트' 모양이기 때문일 것이다. 하트는 인류의 역사가 지속되는 한, 영원한 디자인이다. 인간의 심장 모양인 하트가 곧 사랑을 뜻하게 된 것 또한 흥미롭다. 내 심장을 온통 사로잡는 것, 내 심장을 송두리째 앗아가는 것이 바로 사랑의 본질이기에. 아무리 반복해도 지치지 않고 지겹지 않은 디자인이 바로 하트다. 자물쇠에도, 편지지에도, 엽서에도, 아이러브뉴욕 티셔츠에도 하트는 영원하다. 영원히 지겹지 않은 디자인, 영원히 가슴을 뛰게 하는 디자인. 하트를 찾아 떠나는 여행의 주인공이 당신이기를.

떠남의 미학

2

추운 겨울날에는
모든 따스한 것과 빛나는 것에 매혹된다.
반짝이는 불빛, 따스한 털목도리,
다정한 눈빛, 반가운 미소.
그 모든 환하고 따사로운 것들을
기다리게 된다.

프랑스의 작은 도시 아를의 골목길을 걷던
추운 겨울날도 그랬다. 어두워진 골목길
어디선가 갑자기 반짝이고, 잽싸고,
사랑스러운 존재가 나타났다.
너무 빨리 지나가버려서 미처 자세히
바라볼 겨를이 없었지만, 저 반짝이는 소녀가
쏜살같이 지나가고 나서야 알았다.
그녀는 나에게 다사로운 봄의 전령이었음을.
자신이 봄의 전령인지도 모른 채 온몸으로
봄기운을 가득 실어 나르는 소녀가
지나가자마자, 내 가슴속에는 어느덧
나도 모르게 봄이 피어나고 있었다.

소녀가 쏜살같이 지나가자 나는 마치
기다렸다는 듯 〈벚꽃 엔딩〉을 흥얼거리기
시작했다.

다시 떠나도
될까요

▶

팬데믹의 파도를 넘어
파리로 떠나다

과연 다시 떠날 수 있을까. 팬데믹의 터널을 지나오는 2년 동안 가장 그리운 것은, 아주 멀리, 국경을 넘어 훌쩍 떠나는 여행이었다. 가끔 마스크를 단단히 착용하고 지방으로 여행을 다녀오기는 했지만, 가슴속에서는 '언젠가, 다시 파리에 가고 싶다'라는 열망이 꿈틀거리곤 했다. 가고 또 가도 다시 새로운 설렘으로 한 번 더 떠나고 싶어지는 도시들. 프라하, 피렌체, 마드리드, 런던, 뮌헨, 베를린, 뉴욕 등등 어디 하나 그립지 않은 곳이 없었지만 팬데믹이 사라지면 떠나고 싶은 첫 번째 여행지는 역시 파리였다.

젊은 도시의 싱그러운 매력과 역사와 전통과 예술이 일구어내는 오래된 도시의 매력을 동시에 갖춘 곳. 온세상의 박제된 아름다움을 몽땅 한곳에 모아놓은 듯한 루브르 박물관, 빈센트 반 고흐가 첫 전시회를 기획하며 꿈에 부풀어 걸었던 오래된 골목길, 처음에는 "이 도시에 저런 흉물이 들어선다니"라는 악평을 받았지만 이제는 인증 숏을 찍고 또 찍어도 질리지 않는 에펠탑. 아니, 복잡하게 설명할 필요 없이, 그저 가고 또 가도 영원히 다시 가고 싶어지는 기이한 매력을 뿜어내는 도시. 그런 파리를 향해 오랫동안 가슴앓이를 하다가, 백신 2차 접종을 마치자마자 파리에 유학을 떠난 후배에게 연락을 했다. 나 자신도 나의 갑작스러운 부지런함을 이해할 수 없을 정도로, 백신을 접종한 지 2주가 되는 그날, 후배에게 부리나케 카톡을 보냈다.

"건강하게 잘 지내니. 파리는 지금 어떠니. 파리는 여행자들을 받아들일 준비가 되었을까? 챙겨야 할 서류는 많을까?"

"언니, 망설이지 말고 당장 오세요! 영문 백신 접종 증명서랑 보건패스 앱AntiCovid만 잘 준비하시면 된답니다. 한국으로 들어갈 때 코로나 검사PCR를 받고 이상 없으면 입국시 자가격리도 필요하지 않아요. 파리의 공공기관과 미술관, 공연장은 모두 다 정상 영업을 해요. 휴대전화에 보건패스 앱만 깔아놓고 마스크만 잘 착용하면 아무 문제 없이 여행할 수 있어요. 게다가 코로나 이전보다 아직 관광객이 매우 적으니 매번 미술관이나 공연장 앞에서 길게 줄을 설 일도 별로 없어요."

너무 격하게 '빨리 오라'며 미리부터 환영하는 후배의 권유에 내 가슴은 벌써 세차게 뛰기 시작했다. 다시 떠날 수 있을까. 정말 떠날 수 있구나. 파리에서 이미 살고 있는 사람의 긍정적인 조언을 받았으니, '심리적 보건패스'를 미리 발급이라도 받은 양 기분이 들떴다.

나는 그날 바로 영문 백신 접종서를 종이로 발급받고, 보건패스 앱도 깔아서 만반의 준비를 갖추었다. 비행기표를 끊으면서도 아직 실감이 나지 않았다. 정말 떠날 수 있을까. 떠나도 괜찮은 걸

파리 여행 하면 가장 먼저 떠오르는 추억의 장소, 카페 레 되 마고. 카뮈, 헤밍웨이, 피카소가 즐겨 찾았던 예술과 지성의 중심지였다.

131

오르세 미술관에서 조각 작품을 데생하는 학생의 뒷모습이 열정으로 빛난다.

까. 지인들이 내 걱정 때문에 놀랄 테니, 가족들에게만 말할까. 가족들도 걱정하지 않을까. 그러나 배낭여행 20년차, 베테랑 여행자인 나는 이미 알고 있었다. 여행 전에 하는 모든 걱정은 사실 여행이 시작되는 순간 저절로 끝나버린다는 것을.

그렇게 나는 파리로 떠났다. 설렘과 떨림으로 잔뜩 부풀어 오른 가슴은 도무지 진정되지 않았다. 파리는 기대 이상으로 붐비고 활기가 넘쳤다. 이제 프랑스 사람들에게 코로나 바이러스는 '제1의 걱정거리'가 아니라고 한다. 얼마 전까지만 해도 코로나가 걱정거리 1위였지만 이제 프랑스 사람들의 걱정거리 1위는 빈부격차나 일자리 같은 경제적 문제가 되었다. 코로나는 3위나 4위로 밀려난 것이다. 기나긴 팬데믹의 터널은 끝나가고 있는 것 같았다. 물론 이것은 코로나로부터의 완전한 자유가 아님을 잊지 않는다.

나는 철저히 마스크를 착용하고, 손 소독제를 가지고 다니며 틈날 때마다 손을 깨끗이 하고, 사람들이 너무 많은 장소에는 아예 들어가지 않았다. 하지만 '코로나와 함께 살아가는 법'을 연구하고 실험하는 파리 사람들은 내게 용기를 주었다. 코로나 때문에 움츠리고, 새로운 시도를 아무 것도 하지 않는 삶을 이제는 끝내고 싶었다. 다시 여행을 떠나도 되는구나. 정말 다시 떠날 수 있는 거였구나. 사람들에게 "이제 우리 함께 여행하자"고 말해도 되겠구나. 그리고 무엇보다도, 이제 '추억 속에 있는 여행의 한 페이지'가 아니라 '지금 내가 떠나온 바로 이 여행'에 대해 글을 써도 되겠구나. 그런 낯선 두근거림이 좋았다. 나는 sns 계정에 떨리는 마음으로 이렇게 글을 올렸다.

다시 새로운 꿈을 꿀 수 있다면
정말 다시 파리로 갈 수 있을지 두려웠지만
떨리는 마음으로 이곳에 와보니
이제 팬데믹과 함께 살아내기로 결심한 사람들이
저에게 용기를 주는 것 같았습니다.
두려워 말고 새로운 모험을 시작하라고.
코로나 핑계로 미뤄두었던 모든 실험과 도전을 다시 시작하라고.
출간 준비 중인 책의 취재차 파리에 왔습니다.
마스크를 열심히 쓰고 다니고 있습니다.
그래도 정말 꿈만 같습니다.
다시 여행할 수 있다는 것.
다시 새로운 꿈을 꿀 수 있다는 것.
그 희망을 여러분과 함께 나누고 싶습니다.

퐁피두 센터에서 종일 그림도 감상하고, 노트북을 펴고 글도 쓰고, 그러다가 에펠탑과 몽마르트르를 바라보며 먼산바라기와 멍 때리기도 할 수 있는. 우리들의 파리가 눈부시게 부활했다.

코로나 시대의
새로운 여행

떠나기 위해,
이토록 많은 용기가
필요하다니

"언젠가 멀리 떠날 계획이 있긴 하지만, 어쩌면 떠날 수 없을지도 몰라요."

여행을 주제로 오랫동안 글을 써온 나에게, 사람들이 "곧 떠날 계획이 없냐"고 물어올 때마다 나는 이렇게 대답했다. 외부적인 원인은 '팬데믹 상황이 어떻게 될지 모르니까'였지만, 더욱 걱정스러운 내부적 원인은 '떠나기가 너무 어려워졌다'라고 느끼는 나 자신이었다. 코로나 상황이 확실히 좋아지더라도, 과연 내가 떠날 수 있을지 두려웠다. 코로나가 시작된 후 워낙 오랫동안 '실내 생활자'로 살았기 때문일까. 국경을 넘어 다른 나라로 갈 수 있다는 것이 무척 낯설게 느껴졌다.

동양인에 대한 차별도 두려웠다. 팬데믹 사태 이후 단지 아시아인이라는 이유로 폭력과 차별을 경험한 사람들이 많아졌다는 뉴스가 내 가슴속에 공포를 만들어낸 것이다. 심지어 오래전 떨쳐냈던 비행 공포증도 다시 도졌다. 밀린 업무조차 너무 많았다. 각종 원고 마감은 물론 온라인 강연 계획과 다시 시작된 북 콘서

135

트 등등. 내 마음의 상태를 살펴보면, '떠날 수 있는 이유'보다 '떠남을 기피해야 할 이유'가 더 많았다.

파리가 그리울 때마다, 나는 파리의 그 수많은 미술관을 떠올렸다. 오랑주리 미술관에서 모네의 그림을 행복하게 감상하고 있는 가족들의 모습. 이런 사진들이 내게 소중했던 이유는, 파리에서 나는 비로소 '예술을 진정으로 사랑하는 법'을 배웠기 때문이다. 그렇기에 나의 외부에서 비롯된 불안은 나의 내부에서 피어오르는 희망을 이길 수 없었다. 나의 게으름과 공포와 불안이 아무리 크더라도, 끝내 내 안에서 끝없이 차오르는 설렘의 불꽃을 꺼뜨릴 수는 없었다.

강연이나 북 콘서트 일정을 조금씩 미루고, 부탁받은 원고들을 최대한 미리 써놓고, 파리로 떠날 준비를 시작했다. 돌이켜보니 나는 코로나 시대 이후 너무 많은 계획을 쉽게 포기하며 살아왔다. 단지 떠나기 위한 계획뿐만 아니라 뭐든지 '사람을 만나는 일'과 관련된 일은 무조건, 자주 포기했다. 보고 싶은 친구들은 물론 가족들조차 만나기를 꺼려 했다. 질병에 대한 공포 때문에 새로운 계획을 자꾸 포기하다 보니, 희망과 설렘을 느끼는 일도 적어졌다.

'위드 코로나 시대'가 시작된다는 소식을 들으면서, 마치 오랫동안 겨울잠을 자다가 갑자기 깨어난 동물이 된 기분이었다. 아직 깨어날 준비가 안 되었는데, 외부에서 강한 충격이 와서 억지로 깨어난 느낌 때문에 어리둥절했다. 그러나 뛸 듯이 기쁘기도

코로나 시대 이전, 오르세 미술관에서 그림을 바라보며 토론하고 공부하는 젊은이들.

오랑주리 미술관, 파리로 간다면 가장 먼저 가고 싶은 장소였다.
사람들이 마스크를 착용한 채 질서정연하게 작품을 관람하고 있었다.

했다. 다시 새로운 꿈을 꿀 수 있다는 사실이. 조심해야 하지만, 그럼에도 불구하고 새로운 계획을 세울 수 있다는 희망이, 기나긴 동면에 빠진 나의 무의식을 깨운 것이다.

이런 파리를, 이런 옛날의 생동감을, 되찾고 싶었다. 불과 3년 전 사진인데도 한없이 낯설게 다가오는 이유는, 마스크를 끼지 않은 사람들을 바라보는 것이 이제는 어색해졌기 때문일 것이다.

"작가님은 여행 책 집필 때문에 매년 떠나셨는데, 이렇게 못 나가니 답답하지 않으세요?"

이런 질문도 많이 받았지만 그때마다 "나만 못 떠나는 게 아니기에, 괜찮다"고 대답했다. 하지만 가슴이 아프긴 했다. 내가 사는 이곳을 무척 사랑하지만, 가끔은, 아주 가끔은 떠날 수 있는 자유가 있으면 좋겠다는 생각이 딱따구리의 단단한 부리처럼 내 머리를 쪼아대는 느낌이었다.

어렵게 떠남을 결정하고 나니, 주변 사람들의 반응이 걱정되었다. 하지만 '혹시나 사람들이 이해해주지 않으면, 왜 벌써 떠났냐고 원망하면 어떡하지?'라는 걱정은 역시 기우였다. 사람들은 "대리만족을 실컷 할 수 있게, 사진을 많이 올려달라"고 부탁하기도 하고, "정여울 작가답게, 두근거리는 여행기를 써달라"고 부탁하기도 했다. 왜 떠났냐고 원망하는 글은 없었고, 오직 따스한 응원뿐이었다. 누구도 파리에 갔다고 나를 책망하지 않았다. 그것만으로도 나는 큰 힘을 얻었다.

사실은 '아직 너무 시기상조인 것 같아 가족들과 아주 친한 사람들에게만 말해야겠다'라는 처음의 결심이 기쁘게 무너져버렸

다. 사람들에게 이 가슴 떨리는 여행의 체험을 실시간으로 생중
계하고 싶었다. 영상 같은 것은 멋있게 잘 찍지 못하는 '옛날 사
람'인 나는, '글쓰기'를 통해 내 두근거리는 마음을 전달하고 싶
었다.

나는 아날로그적 인간이라 아직은 그 어떤 최첨단 소통방식
보다도 '글쓰기'가 가장 좋다. 글쓰기 다음으로 친근한 것은 낭독
과 오디오클립이다. 목소리로 애청자와 만나는 것은 글쓰기로 독
자와 만나는 것과 가장 닮은 온도와 촉감으로 다가오는 몸짓이기
때문이다.

다시 떠날 수 있는 것보다 더 기쁜 것은, 다시 떠나기를 시작
한 내 경험을 독자와 함께 나눌 수 있다는 점이다. 사람이 그리웠
다. 멀리 떠나갈 수 있는 자유보다 더 그리운 것은 서로를 진심으
로 이해하려고 노력하는 사람들의 조심스러운 다가감, 거리낌 없
는 공감, 마침내 친구가 된 듯한 따스한 느낌이었다. 코로나 이후
의 여행에 대해 글을 쓸 수 있다는 것만으로도 나는 기쁘다. 다시
떠날 수 있어서, 그 떠남의 기쁨을 함께할 수 있는 당신이 있어서,
한없이 기쁘다.

아뿔싸, 그때 그 춤을
꼭 췄어야 했는데

"미국 음식은 맛이 별로 없지 않나요? 거의 모든 음식에 치즈와 버터, 설탕을 너무 많이 넣어서 원래 재료의 맛을 느끼지 못하겠어요. 저는 여기 와서 미국 음식보다는 멕시코 음식을 더 많이 먹었어요."

뉴욕의 택시 운전사에게서 들은 말이다. 운전기사는 미얀마 출신인데 멕시코 음식과 한국 음식을 좋아하고, 〈태양의 후예〉를 1화부터 마지막 화까지 빠짐없이 시청했으며, 〈주몽〉의 광팬이라고 했다. 뉴욕의 한식당에서 맥주에 매콤한 제육볶음을 곁들여 먹으며 한국 드라마를 보는 것이 낙이라고 덧붙였다. "한국 음식이 많이 맵지 않냐"고 물었더니, 태국 음식과 비슷한 미얀마 음식은 훨씬 더 맵다면서 한국 음식은 '매운 축'에도 끼지 못한다고 너털웃음을 터뜨린다. 나는 그가 좋아하는 멕시코 음식과 한국 음식과 미얀마 음식 사이에 공통점이 있음을 발견했다. 바로 정신 번쩍 들게 맵다는 것. 그 매콤함이 눈을 번쩍 뜨이게 하고 스트레스를 확 날아가게 하며 왠지 '살맛'이 날 것 같은 신명을 돋운다.

멕시코나 페루, 쿠바, 칠레 등 라틴 아메리카의 국가들은 대부분 우리나라에서는 직항을 찾기 어렵기 때문에 미국이나 캐나다를 경유해서 가야 한다. 그러다 보니 경유 동안의 대기 시간을 합치면 꼬박 스물네 시간이 넘는 시간을 비행기에 묶여 있어야 한다. 이 어마어마한 비행시간을 견디지 않고도 라틴 아메리카로 여행할 방법은 없을까. 생각해보면 우리의 짐작보다 아주 가까운 곳에 라틴 아메리카 문화를 체험할 수 있는 기회들이 널려 있다. 언제부턴가 점점 늘어나기 시작한 멕시코 음식점에서 다양한 풍미를 살린 타코를 즐길 수도 있고, 삼바나 살사를 비롯한 신나는 라틴 아메리카 댄스를 언제든 찾아볼 수도 있으며, IP TV를 통해 집에서 편하게 쿠바 영화나 아르헨티나 영화를 감상하기도 쉽다. 게다가 부에나 비스타 소셜 클럽의 음악은 언제 들어도 마음을 편안하게 해주는 매력이 있다. 어쩌면 라틴 아메리카에 대한 나의 동경은 파블로 네루다나 이사벨 아옌데, 가브리엘 마르케스나 마리오 바르가스 요사 같은 작가들의 작품에서 출발한 게 아니었을까 싶다. 이렇게 '비행기를 타지 않고도 라틴 아메리카의 매력을 즐길 수 있는 방법'을 찾아보니 우리의 예상보다 라틴 아메리카의 문화는 훨씬 우리와 가깝다는 생각이 든다.

영화 〈일 포스티노〉로 리메이크되어 국내에서도 사랑받은 소설 《네루다의 우편배달부》를 다시 읽으며 나는 '집에서도 라틴 아메리카의 모습을 즐길 수 있는 방법'을 실험하고 있다. 영화도 아름답지만 소설은 영화보다 훨씬 더 풍성한 표현으로 칠레 민초의 일상과 사랑을 박진감 넘치게 그려내고 있다. 메타포가 무엇

아바나의 거리에서 만난 체 게바라의 엽서. 혁명의 아이콘, 젊음과 열정의 상징
으로서 체 게바라의 인기는 식을 줄 모른다.

이냐고 묻는 우편배달부 마리오에게 즉석에서 파도와 바다의 움직임을 멋진 은유를 섞어 시로 지어낸 네루다. 위대한 시인 네루다의 즉흥시를 들으며 우편배달부 마리오는 갑자기 속이 울렁거리고 기분이 이상하다며 이렇게 말한다. 내가 마치 언어의 바닷물 위에서 출렁이는 배가 된 느낌이라고. 시인은 우편배달부가 자신도 모르게 메타포를 만들어냈음을 눈치챈다. 마리오는 방금 자신도 모르게 멋진 메타포를 만들어낸 것이다. 마리오는 자신이 뭔가 해냈음을 알아차리며, 쿵쾅거리는 심장박동이 마치 가슴과 식도를 통과해 혀까지 치받쳐 올라오는 듯 강렬한 흥분을 느낀다.

시인만이 해낼 수 있을 줄 알았는데, 그런 아름다운 메타포는 시인들이나 만들어낼 수 있는 줄 알았는데. 시골 우편배달부인 나도 아름다운 메타포를 창조해낼 수 있는 능력을 지녔다니. 그리고 내친김에 마리오는 하늘같이 우러러 보이는 시인 네루다에게 이렇게 질문한다. 선생님은 온 세상이 메타포로 보이냐고, 바람, 바다, 나무, 산, 불, 동물……. 이 놀라운 질문을 듣자 시인은 입이 떡 벌어진다. 하나를 알려주니 열을 알아내는 총명한 제자를 만난 것이다. 메타포의 '메' 자도 몰랐던 우편배달부가 시인의 가르침을 동력 삼아 멋진 시를 지어내는 기적은 마치 독재와 폭정으로 인한 울분과 분노를 삭일 수 없었던 칠레 민중이 마침내 '분노를 표현할 언어'를 찾아내는 과정의 또 다른 메타포처럼 다가왔다. 사랑하는 여인 베아트리체에게 말 한마디 걸지 못했던 숙맥 마리오가 네루다의 시를 은근히 모방하여 멋진 연애시를 지어내자 네루다는 화를 버럭 내며 투덜거린다. 자네가 내 시를 도용한 것이라고. 그랬더니 이제는 용감하다 못해 당당하고 뻔뻔해진 마리오가 천연덕스럽게 응수한다. 시는 쓰는 사람의 것이 아니라 읽는 사람의 것이라고. 너무도 총명한 마리오의 지적은 '누구나 시를 지을 수 있고, 읽을 수 있고, 낭송하여 사랑을 고백할 수 있는 권리'를 주장하는 용감한 선언문처럼 다가온다. 네루다의 시는 물론 시인이 혼자 쓴 것이지만 그것은 결국 시와 혁명과 낭만을 사랑하는 칠레 민중 모두의 것이 된 셈이다.

쿠바의 수도 아바나의 부에나 비스타 소셜 클럽에서 나는 '사람이 이토록 춤을 아름답게 출 수 있구나'라고 감탄하게 만든 뛰어난 댄서를 만났다. 그녀는 막 댄서로 뽑힌 상태라 아직 정식으로 무대에 데뷔하지 않은 듯 보였다. 그런데 정식 공연 프로그램이 끝나고 피날레 무대에서 모두가 어우러져 흥겹게 춤을 출 때, 그녀가 무대 위로 갑자기 불려 나왔다. 의상도 제대로 갖춰 입지 않은 채 즉흥적으로 불려 나와 춤을 추게 된 그녀는 관객을 압도하는 신명과 열정으로 모두의 열광적인 환호를 이끌어내었다. 그녀 덕분에 후끈 달아오른 부에나 비스타 소셜 클럽의 공연이 끝나자, 그녀는 관객에게 한 명 한 명 작별인사를 하며 환하게 웃었다. 온몸에서 멜로디가 저절로 흘러나오는 듯한 그녀의 열정적인 춤에 감명받은 나는, 어디서 그런 용기가 나왔는지 '당신의 춤은 놀라웠다. 동작 하나하나가 정말 아름답다'라고 칭찬을 건넸다. 스페인어를 알았더라면 더 멋진 칭찬을 해줄 수 있었을 텐데, 어설픈 영어로 칭찬의 말을 하려니 부끄러웠다. 그녀는 환하게 웃으며 '나도 아까 무대에 불려 나온 너의 춤을 봤다, 귀여웠다'라며

부에나 비스타 소셜 클럽의 쇼에서 갑자기 무대 위로 불려 나와 춤을 추는 댄서.

빙그레 웃었다. 그 말을 듣고 얼굴이 빨개진 채 씩 웃고 나오며 나는 내 머리에 꿀밤을 먹이며 후회했다. '아휴, 이 바보. 막춤이라도 췄어야 했는데. 잘 추지는 못해도 최선을 다했어야 했는데.'

그녀의 말대로 나는 그날 부에나 비스타 소셜 클럽에서 춤을 신청받았다. 맨 앞자리에서 워낙 몰입하여 공연을 보고 있으니 내가 눈에 띄었나 보다. 나에게 춤을 신청한 그녀는 폭발적인 가창력을 지닌 가수였다. 그런데 나는 그녀의 손에 이끌려 무대에 나가긴 했는데, 너무 부끄러워 춤을 제대로 추지 못했다. 이런 아

나에게 춤을 청했던 멋진 가수. 뛰어난 가창력으로 노래를 부르면서도 동시에 격렬하게 춤을 출 수 있는 엄청난 재능을 지닌 사람이었다.

름다운 무대에서 나같은 몸치가 춤을 추는 것은 민폐라는 생각이 들었기 때문이다. 아, 그러나 부에나 비스타 소셜 클럽의 정신은 그런 것이 아닌데. 누구나 흥겹게, 막춤이든 개다리춤이든 신나게 추면 되는 건데. 며칠 동안 머릿속에서 후회의 문장이 메아리처럼 울렸다. '아, 그때 춤을 췄어야 했는데.' '막춤이라도 췄어야 했는데.' '평소의 나를 잊으러 떠난 여행에서 웬 자의식 과잉이람, 에휴.' 살면서 쿠바의 가수에게, 그것도 부에나 비스타 소셜 클럽 최고의 디바에게 춤을 신청받는 기회가 몇 번이나 있겠는가. 후회막급이었다.

그때의 그 후회가 내 안의 어딘가를 건드렸나 보다. 이후 미국에서 귀국하는 길, 공항에서 세계 당구계 사대천왕 중 한 명인 다니엘 산체스를 만났다. 어디서 그런 용기가 튀어나왔을까. 나는 종이와 연필을 갑자기 찾을 수가 없어 휴대전화 메모 기능을 켜서 산체스에게 보무도 당당하게 씩씩한 표정으로 다가갔다. "실례합니다. 다니엘 산체스 선수 맞으시죠? 저는 한국의 팬이에요. 여기에 사인을 해주실 수 있을까요?" 산체스 선수는 전혀 몸을 사리지 않고 흔쾌히 웃으며 사인을 해주었다. '그때 춤을 추지 못했던 나'가 그제야 용기를 발휘하기 시작한 것이 아닐까 싶었다.

혼자 여행 다닐 때는 종일 아무하고도 말을 섞지 않을 때가 많았다. 처음에는 그 상황을 즐겼다. 뭔가 하고 싶지 않은 말을 억지로 해야 하는 평소의 내가 싫었던 것이다. 그런데 '그때 그 멋진 쿠바 여성과 신명 나는 춤을 추지 못한 회한'이 내 깊은 무의식의 어느 부분을 건드렸는지, 나도 모르게 가끔 어디 숨어 있었는지 모를 신기한 용기가 튀어나온다. 세계 당구계의 제왕 다니엘 산체스를 만난 날, 나는 내 안의 소심증을 조금 극복한 내 모습에 깜짝 놀라 자신에게 물어보았다. 아, 내가 이렇게 적극적인 사람으로 변신하다니. 나도 나 자신에게 깜짝 놀라 '이 사람이 과연 내가 맞나, 내가 갑자기 왜 이러지' 싶어 거울을 한 번 더 보았다. 얼굴은 그대로였지만 표정에서 뭔가 전에 없던 명랑함과 활기가 느껴졌다.

여행이 끝난 뒤에 그 여행을 추억해보며 의미를 부여하는 순간 마음속에서 진정한 여행이 다시 시작되곤 한다. 나에게 여행이 완성되는 순간은 여행을 단지 '기억'하는 것을 넘어 그 여행에 대해 '글'을 쓰는 바로 지금 이 순간이다. 아바나의 부에나 비스타 소셜 클럽 공연을 보면서 만난 그 눈부신 댄서, 그리고 온몸으로 노래하던 그 가수도 바로 그런 영원히 끝나지 않는 마음의 여행을 가능하게 해준 뮤즈다. 어떤 여행은 여행이 끝난 뒤에도 마음속에서 계속 상영되는, 영원히 끝나지 않는 아름다운 영화처럼 느껴진다.

도시 속에 숨 쉬는
녹색 오아시스의
아름다움

공간을 함께
향유한다는 것

집들이하는 친구네 집을 부러워하느라 내 집의 소중함을 잊어버리린 적이 있는가. 나는 있다. 그것도 아주 많이. 친구 K의 집은 그녀가 손수 인테리어를 해서인지 더욱 아름다워 보였다. 전문가는 아니지만 자기만의 독특한 감식안을 가지고 있는 K는 그야말로 눈썰미가 뛰어난 친구다. 바닥 타일 하나하나, 조명과 가구, 침구는 물론 욕실 수전이나 방문 손잡이까지 모두 친구가 고른 것들이었다. 자잘한 소품 하나까지도, 아름답지 않은 것이 없었다. 보통 어느 집이나 '여기만은 남에게 보여주고 싶지 않다'는 생각이 드는 '예쁘지 않은 공간'이 존재하기 마련인데, K의 집은 현관부터 드레스룸에 이르기까지 예쁘지 않은 곳이 없었다. 그야말로 탄성이 절로 나왔다. 그건 단지 돈의 문제가 아니라 '보는 눈'의 문제였다. '나는 이런 미적 감각이 없구나' 하는 생각 때문에 갑자기 내 집이 초라하게 느껴졌다. 나는 공간을 예쁘게 꾸미는 데 재주가 없다. 청소를 열심히 하는 부지런함도 없다. 장소를 아름답게 가꾸는 재능이야말로 내가 가장 부러워하는 능력 중 하나다.

149

미국 뉴욕 센트럴파크는 자본주의도, 치솟는 물가도, 삶의 피로도 전부 벗어버릴 수 있는 도심 속 힐링 공간이다. 수풀이 우거진 센트럴파크에서 웨딩 촬영을 하는 커플.

오랜 시간이 지나 생각해보니 그렇게 남과 나를 비교하는 것은 내가 나를 공격하는 고통스러운 감정노동이었다. 그저 묵묵히 내 방을, 내 집을 소중히 가꾸면 되는 것이었다. 숨 가쁘게 살다 보면 아름다운 공간을 '소유'하기보다는 '점유'하는 것이 낫다는 것을 자꾸만 잊어버린다. 나는 나만의 작은 공간을 소유하기는 했지만 그 공간을 제대로 점유하지는 못하고 있었다. 자꾸만 밖으로 나돌다 보니 집은 그냥 잠자는 공간이 돼갔다. 한마디로 내 집을 어떻게 가꿀지 생각하고, 집을 여유 있게 바라보는 시간 자체가 없었다. 집을 아름답게 꾸미고, 집에 있는 시간이 최고의 휴식 시간이 되는, 그런 향기로운 삶은 꿈도 꾸지 못하고 있었다. 나는 이 공간의 소유자이긴 하지만 향유자가 아니라는 생각이 들자 문득 쓸쓸해졌다.

공간을 소유하기보다는 향유하는 것이 중요하다는 점을 가장 잘 보여주는 공간이 어디일까. 바로 아름다운 공원이 아닐까. 아무도 사적으로 소유하지 못하는 국립공원이나 시립공원, 그런 곳에서는 어떤 입장료도 없이 모두가 행복해질 수 있다. 미국의 센트럴파크야말로 그런 공원의 이상향을 보여주는 살아 있는 유토피아다. 개인이 소유한 공간이 아니기에 그곳에 가면 모두가 행복해지는 그런 공간. 콘크리트 건물 속의 인간은 안전함 대신 어떤 모험도 할 수 없고 주변 환경과 소통도 하지 못하지만, 숲이나 정원, 공원 속에서 걸어가는 인간은 자연과 매 순간 새롭게 소통할 수 있다. 걷기, 뛰기, 자전거 타기, 체조하기, 명상하기, 요가하기, 춤추기, 반려견과 산책하기, 벤치에 앉아서 독서하기, 심지어

바닥에 누워 하염없이 하늘 바라보기까지. 그 모든 다채로운 몸짓들이 공원 속에서는 아름답고 조화롭게 이루어질 수 있다.

아파트나 고층 건물 속에서 자연과 어떤 소통도 하지 못하고 '거주하는 기계'가 돼가는 현대인을 가리켜 오스트리아 철학자 이반 일리치는 '호모카스트렌시스'라고 불렀다. 대지에 뿌리를 박고 농사를 지으며 살던 때의 인간은 매일 날씨와 계절의 민감한 변화에 반응하며 자연과 능동적으로 소통할 수 있었다. 그러나 이제 아파트나 건물에 '수용되는 인간', 즉 호모카스트렌시스가 돼가는 우리 현대인들은 장소를 돈으로 계산하고 소비하며 장소를 만끽하는 진정한 기쁨을 놓치고 있는 것이 아닐까. 나는 센트럴파크에서 걷고, 달리고, 춤추고, 체조하고, 보트를 타고, 노래하고, 악기를 연주하고, 그림을 그리는 사람들을 보며 비로소 살아 있는 기쁨을 느꼈다. 뉴욕의 엄청난 물가에 놀라 커피 한 잔을 마실 때조차도 '이게 한국 돈으로 얼마지?'라고 계산하며 어리둥절해하다가 센트럴파크에서 비로소 평온을 찾았다. 센트럴파크에서는 돈이 전혀 필요하지 않다. 센트럴파크에서는 자본주의, 뉴욕의 물가, 달러 환율이라는 마음을 짓누르는 무거운 부담으로부터 벗어날 수 있다.

센트럴파크는 단지 나무와 꽃들만이 아니라 인공적 조형물도 흥미롭다. 공원 안에 있는 수많은 위인의 동상과 호수 위의 보트를 구경하는 것만으로도 시간 가는 줄 모른다. 내가 좋아하는 장소는 셰익스피어의 작품 속 주인공들이 아름다운 동상으로 만들어져 여행자들을 반기는 곳, 들라코트 극장이다. 여름에는 이곳

매년 여름 셰익스피어 연극 축제가 열리는 들라코트 극장 주변에선 로미오와 줄리엣 동상을 만날 수 있다.

에서 셰익스피어의 연극 축제가 열리는데, 수많은 연극 팬들이 이곳에 모여 아름다운 한여름 밤의 추억을 만든다. 연극이 상연되지 않는 평소에도 이곳은 아름답고 고즈넉하다. 사람들은 셰익스피어의 작품을 읽으며 토론하기도 하고, 그림을 그리기도 하며 이곳을 더 아름다운 장소로 만든다. 장소 자체도 아름답지만, 그 장소를 빛내주는 것은 역시 '사람의 몸짓'이다. 공원의 나무와 꽃을 가꾸는 사람, 아이들과 산책을 하거나 공놀이를 하면서 행복한 한때를 보내는 사람, 유유히 흘러가는 호수에서 연인과 보트를 타며 추억을 만드는 사람, 돗자리를 깔아놓고 샌드위치를 먹으며 행복해하는 사람, 심지어 고풍스러운 마차를 타고 설레는 미소로 공원을 가로지르는 사람까지. 센트럴파크에는 그야말로 자연 속에서 행복을 누리는 사람들의 온갖 천태만상이 하나하나 다 아름답고 소중하게 느껴진다.

건물 안에 앉아 있을 때 우리는 대체로 '업무 모드'일 때가 많다. 일하고, 또 일하느라 본래 모습으로 살아가지 못한다. 하지만 아름다운 자연을 바라보며 산책하는 시간에는 미소가 절로 나온다. '우리 동네 공원'을 산책할 수 있는 자유를 매일 누리는 것이야말로 센트럴파크나 하이드파크 부럽지 않은 '나만의 아름다운 산책길'이 될 것이다. 두 발로 걷는 일은 두뇌를 활성화시킬 뿐 아니라 마음에 안정감을 준다. 걸을 때야말로 최고의 창조성이 우러나오는 것임을 예찬한 작가들이 얼마나 많은지. 니체, 루소, 헨리 데이비드 소로, 리베카 솔닛에 이르기까지 수많은 작가와 철학자들은 걷기야말로 인간의 창조성을 가장 쉽게 끌어낼 수 있는 활동이라고 했다. 노동하지 않으면서도 움직이는 것, 움직이되 너무 많은 주의 집중이 필요하지 않는 것, 바로 걸으면서 사색하는 것이야말로 '내가 나이면서도 동시에 나를 벗어날 수 있는 길'이지 않을까.

건물 안에 '수용되는 인간'일 때 우리는 저마다의 머릿속에서 온갖 계산과 비교 분석으로 복잡한 심사에 사로잡힌다. 부동산 걱정, 대출이자 걱정, 아이들 교육 걱정, 치솟는 물가 걱정으로 365일 골머리를 앓는 우리 현대인의 삶. 그러나 공원을 산책하는 일은 어떤가. 어렵지도 않고, 돈이 들지도 않는 데다 엄청난 결심이 필요하지도 않다. 걷기에는 아름다운 중독성이 있어서 한번 걷기 시작하면 계속 걷고 또 걷고 싶어진다. 목적지를 향해 시간을 정해놓고 걷는 것이 아니라 아무 목적도 없이, 운동량이나 소모되는 칼로리 계산도 없이, 걷는다는 것 그 자체가 좋다.

걷기를 통해 우리는 우리를 구속하는 수많은 숫자로부터 해방된다. 소비하지 않고, 소유하지 않고, 오직 향유하는 행위. 걷는 동안 우리는 땅을 소유하는 것이 아니라 땅의 기운을 느끼면서 땅에 닿는 내 발의 감촉도 함께 느낀다. 살아 있음을 느끼는 것이다. 리베카 솔닛은 《걷기의 인문학》에서 산책이야말로 '상상력의 풀밭'을 가꾸는 창조적인 행위라고 이야기한다. 아름다운 자연 속을 걸음으로써 우리는 자칫 무미건조해지고 척박해질 수 있는 우리의 마음을 보살필 수 있다. 이반 일리치는 '따로 돈을 내지 않고 모든 시민이 공짜로 즐길 수 있는 장소'가 얼마나 많은가에 따라 그 나라의 행복이 결정된다고 했다. 공용장소, 즉 주로 국민의 세금으로 운영되며 비영리적인 목적으로 유지되는 국립공원이나 광장, 도서관 같은 곳이 많을수록 그곳에 사는 사람들은 행복해질 수 있다는 것이다.

헨리 데이비드 소로는 숲속을 산책하고 나올 때마다 자신이 어느새 나무들보다 더 커져서 나오는 느낌이라고 이야기했다. 숲속에 들어갈 땐 분명 나무들보다 작은 키였는데, 숲속을 다 산책하고 나면 나무들보다 훨씬 더 커진 듯한 자신을 느낀다는 것이다. 매일 네 시간 이상 숲속을 산책하지 않으면 '살아가는 맛'이 나지 않는다고 했던 헨리 데이비드 소로다운 아름다운 성찰이다. 시인 칼릴 지브란은 "나무야말로 지구가 하늘에 쓰는 시詩"라고 말했다. 온갖 나무와 꽃들이 연주하는 아름다운 자연의 오케스트라를 듣고 있으면 나의 부족함도 어느새 용서되고, 우리의 그 수많은 상처도 언젠가는 치유될 수 있을 것만 같다.

사람 자체가
풍경이 되는 순간

프랑스 파리
몽마르트르 언덕 위에서

사람 자체가 풍경이 되는 순간이 있다. 장소가 자아내는 풍경도 아름답지만 그곳에 사람의 몸짓과 표정이 있기에 비로소 그 풍경이 짙은 의미를 피워 올리기 시작하는 순간이다. 에펠탑만으로도 멋진 풍경이 되지만, 에펠탑 사진을 찍으며 '드디어 파리에 왔다'는 듯한 표정으로 뿌듯해하는 사람들을 뿌듯하게 바라보는 순간이 더 멋지다. 베로나에 자리한 '줄리엣의 집'에는 로미오와 줄리엣이 사랑의 대화를 나눴다고 알려진 발코니가 있는데, 이곳은 사실 원래 있었던 것이 아니라 관광객들을 위해 '만들어진 풍경'이다. 줄리엣의 발코니를 인공적인 조작이라고 볼 수도 있지만, 막상 그곳에서 행복해하며 사랑을 고백하는 포즈를 취하는 사람들을 보면 미소가 저절로 스며 나온다. 보고 또 봐도 지겹지 않은 풍경이 있다면 바로 '풍경을 바라보며 행복을 느끼는 사람'이라는 또 하나의 풍경이다.

그렇게 장소의 아름다움을 넘어 사람의 아름다움이 더욱 빛나는 곳, 그곳이 내가 사랑하는 몽마르트르의 이미지다. 파리에 가

몽마르트르 언덕으로 올라가는 길.

면 여행자들은 마치 약속이나 한 듯이 '에펠탑 뷰'가 아름다운 숙소를 찾지만 나는 '몽마르트르 뷰'가 아름다운 숙소를 찾는다. 몽마르트르가 보인다는 것은 왠지 파리의 멋지고 화려한 모습뿐 아니라 그늘지고 어두운 부분까지 다 볼 수 있는 더 깊고 드넓은 시야를 지니는 느낌이기 때문이다. 몽마르트르는 무려 2만여 명의 사망자를 낸 '파리코뮌'의 아픈 역사가 잠들어 있는 곳이기도 하기에. 그 참혹한 역사의 한가운데서 죽음의 공포에 떨었던 사람들에겐 '파리가 과연 다시 살아날 수 있을까'라는 의문까지 품게 한 뼈아픈 역사적 트라우마의 공간이기도 하다. 이 비극적인 파리코뮌의 역사를 간직한 몽마르트르가 지금은 예술가의 거리, 관광객이 매일 넘쳐나는 축제의 거리로 탈바꿈했다. 사람들은 저 유명한 '사랑해 벽'에서 수십 장의 셀카를 찍으며 무려 300여 개의 언어로 채색된 '사랑해'라는 문장의 달콤한 향기에 취한다. 특히 나는 몽마르트르의 그 극단적인 빛과 그림자가 어우러지는 광경에 마음의 울림을 느낀다. 도시의 화려함만을 탐색하기보다는 도시에 스민 아픈 역사까지도 품어 안는 여행자가 되고 싶기 때문이다.

그러나 정작 나의 친구들은 '몽마르트르에 가자'고만 하면 눈살을 찌푸린다. "여울아, 나 거기서 소매치기 만났잖아. 다신 안 가." "너는 그렇게 사람 많은 곳에 꼭 가고 싶니? 몽마르트르는 너무 복작거려서 정신이 없더라." "제발 여름엔 몽마르트르 가지 말자. 파리에서 제일 더운 곳일걸. 쪄죽을 것 같아." 과연 몽마르트르는 말도 많고 탈도 많은 곳, 관광객들을 상대로 한 소매치기가

몽마르트르에서 그림을 그리는 화가들과 그들이 펼쳐놓은 캔버스는 거리 자체를 거대한 아틀리에처럼 만들어버린다.

기승을 부리는 곳이다. 차분함이나 조용함과는 거리가 먼 곳, 항상 넘쳐나는 관광객을 현혹하는 무리한 호객 행위가 판을 치는 곳이다. 그래서인지 몽마르트르에서 경찰을 발견하면 유난히 반갑다. 경찰이 지켜줄 때만큼은 소매치기들이 우리 관광객들을 함부로 노리지 못하리라는 믿음 때문이다. 이렇게 우여곡절이 많은 곳임에도 불구하고, 나는 몽마르트르를 사랑한다. 몽마르트르에는 내가 파리를 향해 꿈꾸는 모든 아름다움이 다 모여 있기에. 거리 자체를 거대한 아틀리에처럼 만들어 어디서나 굴하지 않고 그림을 그리는 화가들의 열정적인 모습, 모든 사람이 그저 관광객에 그치는 것이 아니라 지금 막 태어나는 그림들의 모델이자 뮤즈이자 감상자가 될 수 있는 분위기, 골목 구석구석이 천연의 무대가 돼 어디서든 아름다운 길거리 음악을 들을 수 있는 최고의 버스킹 장소가 바로 몽마르트르다.

무엇보다도 몽마르트르는 해 질 무렵 파리의 가장 다채로운 빛깔을 원 없이 내려다볼 수 있는 무료 전망대 역할을 한다. 몽파르나스 타워나 에펠탑 꼭대기에 올라가려면 꽤 비싼 입장료를 내야 하고 기다랗게 줄을 서야 하지만, 몽마르트르는 가도 가도 평지인 파리에서 가장 높은 언덕이기에 누구나 이곳에서 찬란한 일몰과 일출을 무료로 볼 수 있다.

또한 몽마르트르에서는 외로울 틈이 없다. 몇 발자국 옮기기만 하면 새로운 풍경을 마주하기 때문이다. 파리의 가장 화려했던 시절 '벨 에포크' 시대의 저 유명한 물랑루즈 포스터를 비롯한 수많은 예술작품을 엽서나 냉장고 자석으로 만들어 파는 상점들, 종일 카페에 앉아 길거리를 바라보기만 해도 마치 영화를 보는 듯 흥미진진한 온갖 사람과 공연들, 관광객들에게 '호객'을 하기도 하지만 관광객들을 세상에서 가장 반가운 미소로 맞이해주는 상점 주인들. 마치 그림을 그리고 음악을 연주하고 글을 쓰는 그 모든 예술가가 몽마르트르에 한꺼번에 모여 있는 것 같다.

1900년 이후 파리는 벨 에포크 시대의 풍요로운 문화적 발전과 예술가들의 교류를 바탕으로 새로운 전성기를 맞았다. 이사도라 덩컨, 마르크 샤갈, 장 콕토 같은 수많은 예술가가 파리를 향한

비극의 역사를 간직한 공간에서 예술가의 거리, 청춘들의 거리로 탈바꿈한 몽마르트르 언덕에서 바라본 파리 하늘에 쌍무지개가 떠 있다. 사진 왼쪽 큰 건물은 사크레쾨르 대성당이다. 왼쪽 동상은 루이 9세, 오른쪽은 잔 다르크다.

몽마르트르 곳곳에서 보이는 그림엽서들. 파리를 상징하는 예술작품들로 가득하다.

발걸음을 재촉했다. 몽마르트르 언덕이 예술가들의 아지트가 된 것도 이 시기다. 가난한 예술가들은 몽마르트르 언덕에 즐비하던 싸구려 목조 공동주택 '바토 라부아르'로 모여들어 예술과 사랑, 우정과 혁명을 이야기했다. 파블로 피카소, 막스 자코브, 모리스 드 블라맹크, 케이스 판 동언, 모딜리아니 등 많은 예술가가 가난에 굴하지 않고 예술을 향한 열정을 불태우며 파리를 더욱 아름다운 빛의 도시로 만들었다.

　세계적인 무용가 이사도라 덩컨은 이렇게 말했다. 삶은 뿌리이고 예술은 꽃이라고. 삶에 뿌리내린 예술의 아름다움이야말로 그가 추구하는 이상이었다. 아름다움을 완성하는 힘은 단지 예술적 재능이 아니다. 파리를 파리답게 만들어주는 것, 파리를 늘 사랑과 낭만과 예술의 도시로 완성해주는 화룡점정의 에너지는 바로 파리지엔이다. 언제나 예술을 향한 열정으로 충만한 사람들, 예술가들을 그 자체로 아끼고 사랑하는 사람들의 열린 마음이야말로 파리를 파리답게 만드는 찬란한 주역이다.

몽마르트르에서 내려다본 파리가 아름다운 또 하나의 이유, 그것은 예술가들이 '마침내 자신을 알아주는 사람'을 만나게 되는 곳이기 때문이다. 고흐, 마네, 모네, 고갱, 휘슬러, 무하 같은 화가들뿐 아니라 드뷔시, 생상스 등의 음악가들, 프루스트, 졸라, 발자크 또한 파리에서 활동할 때 최고의 영감을 얻고 자신을 인정해 주는 진정한 '지음의 벗들'을 만났다. 지금은 명실상부 위대한 아티스트로 인정받지만 한때는 심각한 굶주림과 언론의 혹평으로 고생했던 수많은 아티스트가 결국 파리에서 자신이 나아갈 길을 찾았다. 파리는 바로 언제든지 예술가의 재능을 발견할 준비가 된 도시, 객지에서 고생하던 수많은 예술가 지망생이 결국 자신의 가치를 최고로 인정해주는 관객들과 후원자들을 발견하는 도시. 마침내 예술가의 재능이 꽃피는 도시, 비로소 예술가의 간절한 꿈이 이뤄지는 도시, 오직 아름다움과 예술과 문학을 최고의 자리에 올려놓는 사람들의 도시가 바로 파리다.

세잔의 예술성을 인정하지 않던 당시 분위기에 맞서 모네가 수많은 사람에게 세잔의 재능을 격찬한 내용을 역사학자 메리 매

콜리프는 《벨 에포크, 아름다운 시대》에서 이렇게 말했다. "그렇게 뛰어난 사람이 평생 더 나은 지원을 받지 못했다니, 얼마나 애석한 일인지! 그야말로 참된 예술가인데, 너무 자신감이 없어요. 격려가 필요하다오."

한때 자신도 굶주림과 외로움으로 고생하던 모네가 세잔을 칭찬하며 그의 후원자를 찾아주는 모습은 내게 커다란 감동을 줬다. 우리에게도 그런 진심 어린 격려가 필요하기에. 질투하고 경쟁하는 세상의 분위기에 휩쓸리지 않고, 서로의 배고픔과 외로움을 걱정해주던 파리의 아티스트들이 있었기에 우리는 모네의 〈수련〉과 세잔의 〈사과〉와 고흐의 〈해바라기〉를 사랑할 기회를 얻게 된 것이다. 우리 안에 숨어 있는 눈부신 잠재력을 일깨우는 장소, 몽마르트르에 다시 가고 싶다. 북적임과 혼잡스러움 속에서도 파리의 아름다움을 가장 완벽하게 압축하고 있는 거리, 몽마르트르야말로 나의 치유의 장소이기에.

이렇게 복잡한 상념에 잠겨 몽마르트르 언덕 위에서 파리 시내를 하염없이 바라보는데, 갑자기 어디선가 탄성이 터져 나왔다. "와, 저것 봐! 무지개야!" "쌍무지개다!" 영어와 독일어와 프랑스어가 뒤섞인 탄성은 저마다 그 찬란한 무지개를 앞다퉈 환영하고 있었다. 마치 하늘에서 이 아름다운 파리를 향해 무지갯빛으로 반짝이는 사다리를 내려준 것 같았다. 그 어떤 인간의 건축물로도 흉내낼 수 없는, 오직 자연만이 지상의 모든 생명체에게 공평하게 내려줄 수 있는 위대한 선물이었다.

타인의 시선에서 벗어난
또 다른 '나'의 발견

휘트니 미술관의
감동

"너 솔직해졌다. 예전보다 편안해 보여."

요즘 자주 듣는 말이다. "응? 예전에는 내가 솔직하지 못했나?" 이렇게 묻고 싶었지만, 내가 묻기도 전에 상대방은 기다렸다는 듯이 말을 이었다. "네가 예전에도 거짓말은 못 했지. 그런데 어딜 가나 항상 보이지 않는 가시방석에 앉아 있는 것 같았어. 지금은 그냥 여기, 자연스럽게 앉아 있는 듯 한결 편안한 모습이야."

아, 그런 뜻이라면 이해할 수 있었다. 타인의 시선을 많이 의식했던 과거에는 '예의'를 차리느라 있는 그대로의 내 모습을 잘 보여주지 못했기 때문이다. 지금은 혼자 있을 때나 여럿이 있을 때나 똑같이 '그냥 나 자신으로 살기'를 원한다. 남들에게 잘 보이기 위해서 너무 긴장하지도 않고, 속마음을 숨기기 위해 전전긍긍하지도 않는다. 남들 앞에서는 어깨와 목이 경직되며 '나다운 표정'마저 잃어버렸던 내가 어떻게 지금처럼 편안해졌을까. 나에게 자연스러움의 아름다움을 가르쳐준 것은 여행을 하며 만났던 수많은 사람이었다.

휘트니 미술관 옥상에서 바라본 허드슨 강변. 휘트니 미술관 옥상에서는 각양각색의 뉴욕 풍경이 한눈에 들어오기 때문에 작품 감상 전 마음의 여백을 마련하기 좋다.

휘트니 미술관에서 마크 로스코의 〈빨강의 4색〉을 감상하는 사람들.

유럽에 처음 갔을 때 사람들의 거침없음과 소박함에 놀랐다. 타인의 시선에 따라 자신의 가치를 판단하지 않는 사람들, 언제 어디서나 꾸밈없이 자기 자신으로 살기를 선택한 사람들을 만날 수 있었다. 그 덕에 나도 덩달아 타인의 시선을 향한 강박을 점차 내려놓기 시작했다. 식당이나 집이 아니면 밥을 먹지 못하던 내가, 유럽 사람들처럼 벤치나 계단에 앉아 샌드위치를 먹기도 하고, 심지어 걸어가면서 조각 피자를 먹기도 했다. 아름다운 풍경들을 빨리 봐야 한다는 생각 때문에 식당에 앉아 제대로 밥을 먹을 시간도 아끼고 싶었던 것이다.

굽이 높은 신발을 신다가 참을 수 없도록 발이 아플 때는 심지어 맨발로 걸어 다녔다. 아무도 나의 맨발을 이상하게 바라보지 않았다. 맨발로 걷다 보니 아픈 발도 자연스레 나았고, 그 뒤로는 굽 높은 신발을 아예 포기하게 되었다. 납작한 스니커즈의 놀라운 편안함을 알아버렸기 때문이다.

이렇게 나는 여행을 통해 '타인의 시선으로부터 자유로워지기'를 배웠다. 키가 커 보이고 싶은 열망, 예쁜 옷을 입고 싶은 열망도 내려놓았다. 여행 가방에서 옷이 들어갈 자리는 점점 줄어들었다. 가방이 가벼워질수록 내 몸도 점점 날개 돋은 듯 가벼워졌다. '무엇을 꼭 가지고 가야 한다'는 생각이 없어지니 훌쩍 떠날 결심도 훨씬 쉬워졌다. 그렇게 '가볍게 살기'의 매혹을 알게 되었을 때 나는 뉴욕의 휘트니 미술관에 두 번째로 방문하게 되었다.

휘트니 미술관을 처음 찾았을 때는 '여기 있는 작품을 기필코 다 봐야 한다'라는 일념으로 무장한 상태였다. 10년쯤 지난 뒤 '아름다움을 경험하는 데도 휴식이 필요하다'는 것을 알게 된 나는 일단 느긋하게 휘트니 미술관 옥상부터 올라갔다. 미술관에 와서 그림은 안 보고 웬 옥상이냐 할지 모르지만 아름다운 작품을 감상하기 전 '마음의 여백'을 마련하고 싶었다. 옥상에 오르자 허드슨 강변은 물론 9·11메모리얼까지 다 보이는 각양각색의 뉴욕 풍경이 한눈에 확 들어왔다. 미술관 카페에서 커피도 마시고 케이크도 먹고 심지어 낯선 뉴요커와 도란도란 이야기도 나누며 여유로운 한때를 보냈다. 작품을 아직 하나도 감상하지 못한 상태였는데 예전의 나라면 상상도 할 수 없는 느긋함이었다. 그렇게 에너지를 잔뜩 충전한 뒤 비로소 작품 관람을 시작했다. 그제야 아름다운 작품을 감상할 '준비'가 되었던 것이다.

10년 전보다 훨씬 많은 작품을 구비하게 된 휘트니 미술관의 컬렉션은 더없이 다채로웠다. 현대미술 작품 앞에만 서면 갑자기 머릿속이 아득해지는 듯한 당황스러움에서 비롯한 두려움도 사라졌다. 나에게 현대미술의 아름다움을 가르쳐준 공간, 그곳이 휘트니 미술관이기 때문이었다.

휘트니 미술관에서 나는 꽃송이 하나로 여성의 온갖 희로애락을 표현하는 화가 조지아 오키프를 만났고, 어딜 가나 육중한 콘크리트 벽과 거대한 유리창이 달린 도시 공간에서는 결코 외로움에서 벗어날 수 없는 우리 현대인의 슬픔을 가르쳐준 에드워드 호퍼를 만났다. 그의 그림 앞에 서는 순간, 마치 무한한 우주 공간 속에 홀로 버려진 듯한 깊은 슬픔을 느끼게 되는 마크 로스코의 걸작도 만났다.

게다가 마치 캔버스 위에서 한바탕 춤사위를 벌이듯 신명 나게 물감을 흩뿌리는 화가, 마치 아이들이 물총놀이를 하듯 천진난만한 모습으로 그림을 그리는 화가 잭슨 폴락의 액션 페인팅도 알게 되었다. 이 모든 순간이 나에게는 구구절절한 설명 없이도 작품의 에너지를 생생하게 느끼는 시간, 예술적 감수성을 키우는 소중한 순간들이었다.

어떤 공간에서는 보이지 않는 곳에 '저절로 공감을 불러일으키는 장치'가 달려 있는 것처럼 느껴질 때가 있다. 그곳에 존재하는 것만으로도 기분이 나아지고, 편안한 느낌이 들고, 마침내 이곳에 오래오래 머물고 싶은 느낌을 주는 장소다.

문학 용어 중에서도 이런 느낌을 불러일으키는 개념이 있다. 바로 '공감 발생기Empathy Generator'라는 것. 학자들은 스토리를 통해 독자들에게 강렬한 공감을 불러일으키는 서사적 장치를 맨 먼저 발명해낸 이가 바로 《오이디푸스》의 작가 소포클레스라고 입을 모은다. 한 사람의 인생에서 도대체 어떻게 이토록 파란만장한 비극과 참담한 우연이 여러 번 겹치는가 싶을 정도로, 절망적인 상황에 처한 오이디푸스. 오이디푸스를 향한 관객의 연민이 수천 년의 시간적 간극을 뛰어넘어 여전히 강렬한 파장을 불러일으키는 이유는 무엇일까.

오이디푸스가 자신도 모르게 아버지를 죽이고 어머니와 결혼한 자신의 비극적 운명을 깨닫는 순간. 아내이자 어머니인 이오카스테는 목숨을 끊었고, 오이디푸스는 그토록 간절히 보고 싶었던 생모의 존재를 알자마자 그녀를 잃어버린다. 한 사람의 평생을 마치 한순간에 축약한 듯한 충격과 공포를 불러일으키고, 그 순간 관객들은 그의 가혹한 운명을 향한 연민과 공감을 느끼지 않을 수 없다. 이런 것이 바로 '공감 발생기'다. 단 한순간의 묘사만으로도 그 사람의 운명에 직접 참여하는 듯한 강렬한 공감의 순간이 바로 문학작품이 선물하는 최고의 감동일 것이다.

나는 휘트니 미술관에서도 그런 감동을 느꼈다. 그것은 예상치 못한 경이로운 발견이었다. 백남준의 비디오아트를 휘트니 미술관에서 새롭게 부활시키는 프로젝트가 진행 중이라는 사실을 그때는 몰랐다. 백남준의 비디오아트는 기존의 작품보다도 훨씬 화려하고 다채로운 모습으로 눈부시게 부활했고, 그 앞에 선 사람들은 어느새 축제 분위기로 떠들썩해졌다. 일반적인 회화 작품 앞에서는 숙연하게, 그야말로 침묵을 지키며 관람하던 관객들이 백남준의 비디오아트 앞에서는 그야말로 들썩들썩, 흥성스러운 축제 분위기에 사로잡혀 있었던 것이다.

백남준의 작품 앞에서는 모든 엄숙함이 사라지고, 미술작품을 친구처럼 연인처럼 친근하게 느끼는 사람들의 잔잔한 미소가 번져 나왔다. 사람들은 누가 먼저랄 것도 없이 춤을 추기도 했고, 옆 사람과 자연스럽게 대화를 나누기도 했다. 그리고 무엇보다도 백남준의 비디오아트를 너무도 사랑하고 있음이 느껴졌다.

"미술은 그냥 멀리서 바라보기만 하는 것이 아니구나. 미술은 저렇게 온몸으로 참여하는 것이로구나." 나도 모르게 이렇게 중얼거렸다. 백남준의 비디오아트는 거대한 작품이면서 동시에 하나의 어엿한 무대장치가 되어주었던 것이다.

안타깝게도 축제 분위기로 후끈 달아오른 장면을 찍은 사진이 남아 있지 않다. 축제 분위기에 사로잡혀 있을 때는 사진을 찍는데 집중할 수 없기 때문이다. 축제에 온몸으로 참여해야 하니 사진은 안중에도 없었다.

집에 돌아와서 '그날 나는 왜 그토록 덩달아 흥겨웠는가'를 떠올려보니, 그것은 단지 사람들이 음악에 맞춰 춤을 추고 있기 때문만은 아니었다. 그때 나는 백남준의 비디오아트가 무엇보다도 '삶의 기쁨'에 관한 것임을 깨달았던 것이다. 이제껏 백남준의 작품을 여러 번 관람하면서도 미처 알지 못한 기쁨이었다. 삶은 아무리 힘든 순간에도 궁극적으로 눈부시고 아름다운 것이로구나. 한순간도 낭비하지 않고, 오직 삶의 아름다움을 온전히 느끼기 위해 전력 질주해야겠구나. 그날 내가 휘트니 미술관에서 느꼈던 감동은 바로 '지금 이 순간', 바로 여기의 오늘을 최고의 예술작품으로 만들고 싶은 열망을 내 안에서 발견하고야 말겠다는 열정으로부터 우러나왔다.

언젠가 당신이 뉴욕에 간다면 휘트니 미술관에 꼭 세 시간 이상 머물러보길 바란다. 예술의 아름다움이, 생의 충만함이, 우리 모두를 환대하는 듯한 그 눈부신 축복이 당신에게도 분명 가닿을 테니.

휘트니 미술관에서 새롭게 부활한 백남준의 비디오아트.
사진은 백남준의 작품 〈세기말Ⅱ〉.

여행하지 못하는 날들을
위하여

나의 파리 파파
이야기

'여행하지 않는 날들'보다 '여행하는 날들'이 더 많은 사람이 있다. 파리 파파가 그런 행운아다. 물론 그는 여행을 '업'으로 삼고 있기에 우리가 상상하는 것처럼 그렇게 '행복이 가득한 여행'만 하지는 않는다. 그의 여행은 고난의 행군일 때가 많다. 손님들의 다채로운 요구 사항을 들어주느라 그는 스스로를 '머슴'이라 칭하기도 한다. 하지만 '머슴'이라 말할 때조차 그의 입가에는 미소가 묻어 있다. 말도 많고 탈도 많은 각양각색의 사람들과 떠나는 여행 자체를 여전히 사랑하기 때문이다. 그는 '손님들이 뭐라고 할까'에 신경 쓰기보다는 '내가 준비한 여행 프로그램을 어떻게 잘 보여드릴까'를 고민한다. 그래서 그는 컴플레인에 강하다. 어떤 불만 사항이 접수되어도 그는 자신 있게 대처한다. 거리낄 것이 없기 때문이다. 여행자들에게 돈을 더 많이 받기 위해 쇼핑을 끼워 넣는 일은 결코 하지 않는다. 손님들에게 돈을 더 받아내기 위해 쓸모없는 프로그램을 넣지도 않는다. 그가 다만 아쉬워하는 것은 '아름다운 것들'을 보여줘도 감동하지 않는 손님들의 차가운 마음이다.

나는 '얼마든지 감동할 준비가 되어 있는, 과도한 호기심으로 가득한 여행자'이기 때문에 파리 파파가 원래 정해진 일정보다 더 많이 보여주는 모든 곳들이 좋았다. 이번 프랑스 여행에서도 그는 막달라 마리아의 유해가 안치되어 있는 베즐레 성당과 영원의 언덕, 이집트 미술부터 현대미술까지 없는 것이 없는 디종 미술관, 부르고뉴 와인을 사랑하는 사람들에게 '포도밭의 보석'이라 불리는 클로 드 부조, 지구상에서 가장 비싼 와인을 생산하는 와이너리로 알려진 로마네 콩티에 이르기까지. 그 험난한 눈길을 뚫고 단 하루 만에 그 모든 곳을 빠짐없이 보여주었다. 파리 파파도 본 적 없을 정도로 눈이 많이 내린 11월이었는데, 그는 눈길을 헤치고 장시간 운전해 내가 보고 싶어 한 곳뿐 아니라 그가 따로 보여주고 싶었던 작은 마을들까지 빠짐없이 들렀다.

파리 파파는 40년간 프랑스에서 살면서 여행을 단 한 달도 쉬어본 적이 없기 때문에 웬만한 프랑스인보다 프랑스 구석구석을 더 많이 알고 있다. 나는 힘겨운 배낭여행을 많이 해보았기 때문에 외진 곳, 시골 마을, 기차나 대중교통이 가닿지 못하는 낯선 곳에서 제대로 여행을 하는 것이 얼마나 어려운지 안다. "사람들이 잘 안 가는 곳인데, 여기 한번 가보시면 어떨까요?" 파리 파파가 그렇게 물어보는 곳은 묻지도 따지지도 않고 무조건 가야 한다. 나 혼자서는 쉽게 가지 못할 곳들이기 때문이다.

배낭여행을 하다 보면, 힘겹게 물어물어 내가 꿈꾸던 곳에 가

니스의 샤갈 미술관. 이곳에 가만히 한 시간만, 아니 10분 만이라도 앉아 있으면, 북적거리던 마음속이 차분해진다. 영롱해지고 맑아진다.

파리 거리를 정처 없이 걷다가 만난 아름다운 사람. 저 많은 짐을 혼자 다 짊어
지고 가면서도 표정이 밝았다. 크리스마스를 준비하는 설렘 때문일까. 게다가
옆에는 귀여운 아이까지 함께다. 도와주려고 했는데, 그녀의 걸음이 너무 빨라
도저히 따라갈 수가 없었다.

서도 보고 싶은 것들을 제대로 다 보고 오지 못할 때가 허다하다. 예고 없이 문을 닫은 곳들, 수년간 끝도 없이 보수공사를 하는 곳들, 심지어 일하는 사람들이 점심 먹으러 가서 돌아오지 않아 문을 닫은 곳들 등등. 여행의 변수는 수없이 많다. 이번 여행에서도 니스의 샤갈 박물관이 12시에서 2시까지 무려 두 시간을 점심시간으로 정해놓는 바람에 카페 하나 없는 휑한 길거리에서 그저 서성거리며 박물관 문이 열리기만을 기다렸다.

그러므로 자유 여행에서는 걸핏하면 일어나는 여러 변수에 대응하기 위한 '담대한 마음가짐'과 '튼튼한 체력'이 필수다. 여행이 계획대로 진행되지 않을 때 결코 짜증을 내면 안 된다. 짜증을 내면 체력만 떨어지고, 아름답고 소중한 여행의 기분을 망치기 때문이다. '아, 떠나온 것만으로도 얼마나 행복한가' 하고 스스로를 위로하면서, 기쁜 마음을 유지하는 것이 중요하다. 다행히 다시 떠난 파리 여행은 저절로 그렇게 되었다. '떠나온 것만으로도 얼마나 다행이고, 축복인가'라는 생각이 머릿속을 떠나지 않았기 때문이다. 팬데믹 이후 나의 마음은 잔뜩 움츠러들어 있었다. 아주 작은 모험조차 스스로에게 허락하지 않았다. 질병에 걸릴지 모른다는 공포감이 새로운 삶을 향한 모든 도전의 설렘을 가로막았다. 백신을 맞고, 마스크를 쓰고, 우리가 할 수 있는 모든 방역 수칙을 철저히 지키면서도, 새로운 삶을 향한 눈부신 도전을 멈추지 말아야 한다.

파리 파파는 프랑스 정부가 인증하는 정식 여행 가이드로 수

십 년간 일했고, 관광버스를 운전할 수 있는 자격증까지 있으며, 40년 동안 수천 명의 파리 여행자들을 무사히 실어 나른 훌륭한 안내자다. 그런데 사실 그가 가장 좋아하는 교통수단은 바로 '튼튼한 두 다리'다. 그의 겉모습은 그렇게 튼튼해 보이지 않는다. 체구가 작고 시력도 좋지 않다. 하지만 그는 웬만한 젊은이들보다 두 배는 빠른 속도로 걷는다. 걸핏하면 신기한 장면을 발견해서 걸음을 멈추는 나는 그의 걸음을 도저히 따라잡을 수 없다. 그는 늘 이렇게 말한다.

"웬만하면 파리는, 걸어 다니세요. 동에서 서로 13킬로미터, 남에서 북으로 8킬로미터 정도밖에 안 되잖아요. 파리는 생각보다 작은 도시예요. 걸어 다녀야 더 많은 것들이 보여요."

"에펠탑도 좋지만, 파리에 아름답고 멋진 곳들이 얼마나 많은데. 배우고 싶고, 돌아다니고 싶고, 대화할 것들이 얼마나 많은데. 너무 빨리 왔다가 우르르 몰려서 떠나버리는 사람들이 안타까워요. 조금 더 천천히 여유 있게, 여행을 즐기다 가면 좋을 텐데. 사실 에펠탑만 해도 그래요. 그 앞에서 5분 동안 인증 숏 찍고, 올라가보지도 않고 휙 가버려요. 에펠탑 정상에 올라가보면 세상이 참 다르게 보이는데. 어떤 분은 그래요. 올라가면 뭘 하냐. 어차피 내려올 건데. 그럼 비행기 안에서 그 고생을 하면서 여기까진 왜 왔나요. 어차피 돌아갈 건데."

그의 눈빛에는 '여행을 와서도 여행을 진정으로 즐기지 못하는, 너무 바쁘고 다급한 사람들'에 대한 안타까움이 가득했다. 그는 여행을 '업'으로 삼았지만, 그 일을 진정으로 사랑하는 몇 안

"요리 따위는 잊어요! 난 이제 앉아서 책을 읽을 테야!" 파리 거리를 무작정 걷다가 이 포스터를 발견하고 나는 웃음을 터뜨렸다. '요리하지 않는 나의 삶'에 대한 죄책감을 유머로 상쾌하게 날려주었기 때문이다. 이런 순간이 아름답다. 기대하지 않았던 무언가를 발견하는 세렌디피티의 시간, 남들에게는 사소해 보이지만 여행자에게는 천금 같은 시간.

되는 행운아다. 아무리 같은 곳을 여행해도 또 다시 새로움을 발견하는 열린 마음을 가졌기 때문이다. 그는 끝없이 책을 읽고, 글을 쓰고, 새로운 사람을 만나고, 새로운 여행지를 찾아 떠난다. 그는 언제든 떠날 수 있는 삶을 직업으로 삼았음에도 떠남을 지겨워하지 않고, 매번 떠남 자체를 진심으로 사랑할 줄 안다.

그렇다. 우리의 여행은 너무 빨리 너무 다급하게 인증 숏을 찍느라 정작 자신의 잃어버린 영혼을 만나지 못한 채 후다닥 끝나버리는 경우가 많다. 파리 파파의 이야기를 들으며, 나는 내가 이렇게 '여행할 수 있는 날들'에 무작정 감사하는 이유가 무엇일까 생각해보았다. 우리 인생에서는 여행하지 않는 날들, 차마 여행할 수 없는 날들, 여행조차 꿈꿀 수 없을 정도로 바쁘고 힘든 날들이 많기 때문이었다.

여행을 할 수 있는 시간은 아무리 힘들어도 좋은 날들이다. 밥벌이를 위한 온갖 감정노동에서 잠시나마 벗어나 또 다른 삶을 꿈꿀 수 있는 것. 돈을 벌기 위해, 남들 보기에 멀쩡한 삶을 살기 위해 집착하는 모든 소유물들을 지키느라 잃어버리고 놓쳐버린 해맑은 시간들. 그렇게 미처 '살아내지 못한 삶'을 끝내 되찾기 위하여, 우리는 '그럼에도 불구하고 여행할 수 있는 날들'을 향한 희망을 포기하지 않기를!

어디든 좋다,
이야기가 있는
곳이라면

나를 매혹시키는 곳

특별히 가본 곳, 특별히 해본 일을 채워 넣어야 비로소 자기소개용 프로필이 완성된다면, 우리는 그 목록에 과연 무엇을 채워 넣어야 할까. 기억에 남는 가장 아름다운 곳, 잊을 수 없는 가장 눈부신 기억. 이런 것들이 없다면 우리 삶은 너무 권태롭지 않을까. 하지만 그렇게 최고의 장소와 최고의 버킷리스트를 채워가며 살기란 결코 쉽지 않다. 영화 〈월터의 상상은 현실이 된다〉를 보며 문득 가슴이 아팠다. 주인공 월터는 맘에 꼭 드는 온라인 데이트 상대에게 연락을 취하고 싶지만, 프로필을 다 채워야만 연락이 가능하다는 사실에 좌절한다. 월터가 차마 채우지 못한 '프로필의 빈칸'은 바로 '가본 곳'과 '해본 일'이었다. 딱히 가본 곳도, 큰맘 먹고 해본 일도 없는 월터의 평범한 삶. 그는 자기 인생의 지루함을 들키기 싫어 프로필의 빈칸을 차마 채우지 못했던 것일까. 하지만 월터는 상상력만은 뛰어났기에 가보지 못한 곳들, 해보지 못한 모든 일을 눈부신 상상력으로 채워 넣는다. 영화는 무척 아름다웠지만, 나는 상상이 아니라 현실 속에서 내 소중한 프로필

모네의 지베르니 정원. 프랑스의 평범한 시골 마을이었던 지베르니는 이제 연간 300만 명이 넘는 여행자들이 방문하는 최고의 관광지가 되었다.

을 채우고 싶다. 아름다운 장소, 눈부신 체험이야말로 우리를 기어이 성장하게 만드니까. 돌이켜보면 기억 속 아름다운 장소와 체험은 '멋진 이야기가 존재하는 곳'이라는 공통점이 있었다.

클로드 모네가 수련을 심어 가꾸고 그림을 그렸던 프랑스의 지베르니 정원, 빈센트 반 고흐가 고갱과 함께 생활하며 예술가들의 공동체를 꿈꾸었던 아를, 헤르만 헤세가 조국 독일을 떠나 《나르치스와 골드문트》를 비롯한 수많은 걸작을 쏟아낸 아름다운 고장 몬타뇰라, 헨리 데이비드 소로가 평생 '시민'이 아닌 '인간'으로 살기를 꿈꾸며 자연과의 아름다운 교감을 실천했던 월든, 나의 외로운 학창 시절을 망망대해 위에 반짝이는 등대처럼 밝혀준 아름다운 책 《작은 아씨들》의 작가 루이저 메이 올콧의 집이 있는 콩코드. 이 모든 곳이 내가 결코 잊을 수 없는 이야기가 살아 숨 쉬는 장소였다. 나는 사랑한다. 마치 지문이나 문신처럼 쉽게 지워지지 않는 영혼의 발자국이 묻어 있는 이 모든 곳들을. 이런 장소의 아름다움은 겉모습의 화려함이 아니라 그 속에 감춰진 절실함, 간절함, 그토록 많은 사람들에게 알려졌음에도 불구하고 아직 못 다한 이야기들이 남아 있다는 믿음에서 비롯된다.

모네를 통해 나는 배웠다. 누군가를 온전히 이해하기 위해서는 그가 가꾼 삶의 터전을 방문해야 한다는 것을. 모네가 살았던 지베르니의 집과 정원을 방문한 뒤, 내 마음속에는 전에 없던 모네에 대한 동경과 그리움이 싹텄다. 살아 있을 땐 끝없는 슬픔과 고난 속에 살았던 고흐와 달리 이미 살아서 눈부시게 성공했던 모네에 대해서는 별다른 감정이 없었던 나였다. 하지만 모네가 손수 가꾼 정원의 아름다움이 아직 애틋하게 남아 있는 공간, 지베르니에 다녀온 뒤 나는 모네를 향한 새로운 열정이 샘솟는 것을 깨달았다. 모네는 평범한 일상의 장소를 위대한 창조의 공간으로 탈바꿈시켰다. 아무도 주목하지 않던 고장 지베르니에 정착함으로써, 화가로서의 끝없는 방황에 마침표를 찍은 그는 더이상 힘들게 스케치 여행을 다니며 에너지를 낭비할 필요 없이, 자신의 광대한 정원을 자연의 축소판으로 활용하게 된 것이다. 그는 예술과 일상이 하나 된 삶을 일구어냈다. 지베르니에 365일 꽃이 지지 않는 정원을 창조하기를 꿈꾸었던 모네는 그 꿈을 이루었다. 365일 언제나 '그릴 대상'이 있는 아름다운 '물의 정원'과 '꽃의 정원'을 만들어낸 것이다. 고작 300여 명이 살던 작은 마을 지베르니를 연간 300만 명이 넘는 여행자들이 방문하는 유명한 장소로 만든 힘. 그것은 바로 클로드 모네의 예술과 자연에 대한 무한한 사랑이었다. 모네는 무려 여섯 명의 정원사를 고용하여 거의 버려진 땅에 가깝던 이곳을 아름답고 풍요롭기 이를 데 없는 정원으로 가꾸어냈다. 이제 모네의 정원은 한 예술가의 사유지를 넘어 세계적인 명소가 되었다. 모네는 세상의 모든 빛을 자신의 정원으로 끌어들이고 싶었다. 따라서 모네를 진정으로 이해하려면 이 정원을 거닐고, 꽃향기를 맡고, 나무들 사이에서 한껏 늘어져 쉬어야 하지 않을까. 쇠락한 시골 마을 지베르니는 전 세계 관광객이 모여드는 살아 있는 예술의 공간으로 탈바꿈했다. 모네의 정원은 자연과 인공의 행복한 만남이 가능하다는 사실을 증언하는 장소, 세상의 모든 빛을 모아놓은 위대한 자연의 팔레트다.

빈센트 반 고흐의 무덤 앞에 그를 위한 나의 책《빈센트 나의 빈센트》를 헌정했다. 동생 테오와 나란히 묻혀 있는 빈센트에게, 생전에는 그토록 미움받았던 당신이 이제는 얼마나 많은 사랑을 받는지 들려주었다.

한편 아를은 고흐에게 애증의 도시다. 고흐는 아를에서 화가로서 최고의 전성기를 맞았고, 동시에 인간으로서 가장 처절한 절망에 빠졌다. 우리가 흔히 '고흐' 하면 떠올리는 강렬한 색채와 물감을 페이스트리처럼 겹겹이 쌓아 올린 기법이 비로소 절정에 달한 곳이 바로 아를이었다. 존경하는 화가 고갱과 함께 그토록 꿈꾸던 '예술가들의 공동체'를 시작한 곳도 아를이었다. 하지만 그 아름다운 공동체의 꿈이 처참하게 부서진 곳도 아를이었다. 고흐가 그토록 사랑했음에도 그 사랑에 전혀 보답해주지 않은 마을 사람들이 '고흐를 이곳에서 영원히 추방해야 한다'는 서명까지 작성하며 그를 괴롭혔던 곳도 아를이었다. 고흐는 아를에서 비로소 자신만의 색채를 찾았고, 자신만의 아우라를 완성했다. 하지만 아를에서 스스로 귀를 잘랐고, 아를의 요양소에서 외로움과 고통 속에 떨었으며, 아를에서 이번 생의 슬픔이 영원히 끝나지 않을 것임을 깨달았다. 아를에 가면 고흐의 실루엣이 그려진 이정표가 곳곳에서 '고흐가 한때 그림을 그렸던 곳'임을 알려준다. 그 모든 장소가 빈센트 반 고흐의 이야기가 담긴 장소이며, 우리가 사랑해 마지않는 고흐의 눈물과 미소와 사랑이 여전히 반짝이는 장소다.

팬데믹의 긴 터널 속에서 고통받는 우리 모두를 생각하며 가장 목마르게 그리웠던 장소는 바로 월든이다. 다시 한 번 월든에 갈 수 있다면 나는 더 깊이 월든의 숲속으로 걷고 또 걸으리라. 사랑하는 사람들과 더 오래, 더 깊이 소로의 인생에 대해 이야기를 나누리라. 믿을 수 없이 해맑은 푸른빛으로 반짝이는 월든 호수

헨리 데이비드 소로의 걸작 《월든》을 탄생하게 만든 아름다운 호수, 월든.

의 투명함 속으로 기꺼이 풍덩 빠져들리라. 그 추운 가을날에도 거리낌 없이 풍덩, 월든 호수 속으로 빠져들던 사람들의 용기 속에 나도 수줍게 동참해보리라. 소로는 예감하지 않았을까. 우리 인류가 이토록 무분별하게 자연을 착취하고, 자연을 마치 자신의 소유물인 것처럼 독점한다면, 언젠가 팬데믹은 물론 그보다 더 무서운 재앙이 들이닥칠 수도 있음을. 소로는 하루 네 시간만 자연 속에서 성실히 노동하고, 나머지 시간은 온전히 '자연과의 조화로운 삶'과 '읽고 쓰는 삶'에 집중하고 싶어 했다. 진정한 삶이 아닌 것, 화려한 장식이나 가면은 과감히 삭제해버리고, 오직 삶의 정수만을 빨아들이는 열정적인 삶을 꿈꾸었다. 나는 월든 호수를 컴퓨터 바탕화면에 깔아놓고, 오래오래 바라보며 소로와 월든과 '팬데믹 이전'의 삶을 그리워한다. 동시에 이제는 더 이상 물러설 곳 없는 인류가 끝내 지켜야 할 하나뿐인 지구에 대한 사랑을 뜨겁게 간직한다.

한 사람의 간절한 이야기가 담긴 모든 장소는 결코 낡거나 닳지 않는다. 책장 속에 잠들어 있다가 우리가 꺼내 읽을 때마다 영롱한 빛을 발하는 아름다운 고전문학처럼. 나 혼자만 행복한 삶이 아니라 모두가 더 크고 깊은 사랑으로 연대하는 삶을 꿈꾼 모든 이들의 인생 이야기가 깃든 장소들. 바로 그런 장소들을 향한 우리의 찬란한 여행이 이제 다시 시작되었다.

나의 제로웨이스트
여행법

더 많이, 더 오래
여행하기 위하여

오랫동안 배낭여행 마니아로 살아오다 보니 '짐을 줄이는 법'에 대해 저절로 연구하게 되었다. 도시 간 이동 때마다 무거운 캐리어를 끌고 다니는 일이 고역이었기에, 점점 더 짐을 가볍게 만들게 된 것이다. 전에는 유럽으로 떠날 때마다 책을 열 권도 넘게 캐리어에 넣고 다녔는데, 지금은 전자책을 가지고 다녀 짐을 대폭 줄였다. 그리고 라면이나 햇반 같은 음식들은 웬만하면 가져가지 않는다. 항상 남겨서 도로 가지고 올 때가 많기 때문이다. 한국 음식이 너무 그리울 땐 현지의 아시안푸드 가게에서 라면을 사기도 하지만 그마저도 하지 않으려 한다. 입맛에 맞지 않더라도 현지 음식에 적응하는 것이 짐을 줄이는 방법이기도 하고, 현지인의 삶에 가까이 다가갈 수 있는 방법이기 때문이다. 아무리 그래도 줄일 수 없는 짐이 있으니, 바로 노트북이다. 매일 글을 쓰는 나에게는 노트북이 또 하나의 심장처럼 느껴진다. 무게감이 거의 없는, 휴대전화보다 더 가벼운 노트북이 있다면 얼마나 좋을까.

이렇듯 '짐 가볍게 훌쩍 떠나기'는 생각보다 쉬운 일이 아니다.

무언가 '결코 포기할 수 없는 것'만 남겨두고 나머지는 과감하게 두고 떠날 수 있는 결단력이 필요하다. 짐뿐만 아니라 쓰레기도 줄여야 한다. 우리가 더 먼 미래까지 여행하기 위해, 다음 세대에도 이 아름다운 지구 여행의 기쁨을 물려줄 수 있도록. 내가 짐을 줄이고 쓰레기를 줄이는 방법은 크게 세 가지가 있다.

첫째, 여행을 위해 새로운 물품을 사지 않는다. 캐리어도 유행 따라 기분 따라 자꾸 새로 바꾸지 말고 부서질 때까지 쓴다. 한번은 낡은 캐리어를 너무 오래 끌고 다니다 보니, 로마에서 캐리어가 부서진 적도 있다. 그 부서진 캐리어를 현지에서 수소문하여 잘 수리하여 또 한동안 잘 끌고 다녔다. 멋진 여행자가 되기 위해 이것저것 계속 사다 보면 결국 짐은 늘어날 수밖에 없고, 그 '예쁜 상품들'이 결국 안 그래도 비좁은 집 안의 수납공간을 차지하는 '짐짝'이 된다. 치약, 칫솔, 샴푸 등은 미리 집에서 챙겨가면 좋다. 나는 집에서 신는 슬리퍼도 챙겨간다. 이렇게 평소에 자주 쓰는 물품을 챙겨가면 일회용품 사용을 획기적으로 줄일 수 있고, 숙소에서 제공하는 각종 어메니티들을 구겨 넣어 여행 가방을 또 커다랗게 만드는 수고를 하지 않아도 된다. 어메니티가 아무리 예뻐도 웬만하면 집으로 가져오지 않는다. 그 많은 샴푸, 컨디셔너, 바디로션 들이 결국 집에 돌아오면 제대로 쓰이지 못하고 굴러다니다가 유통기한을 훌쩍 넘기기 때문이다.

둘째, 일회용품을 줄이기 위한 작은 실천을 시작하자. 평소 쓰는 에코백과 텀블러를 배낭 속에 쏙 집어넣자. 현지에 가서 물건을 살 때마다 에코백을 쓰면 포장을 위한 쓰레기를 대폭 줄일 수 있고, 텀블러를 사용하면 커피나 물을 마실 때 발생하는 쓰레기도 줄일 수 있다. 포장재가 없어지고 알맹이만 받으니 짐도 가벼워진다. 물건의 수를 줄이면 여행 중 챙길 것, 기억할 것, 신경 쓸 것이 줄어들어 여행 자체에 더욱 홀가분하게 집중할 수 있게 된다.

셋째, 여행이 끝난 후, 친지들을 위한 선물을 사야 한다는 생각을 버리자. 처음에는 몇 번 여행이 끝난 뒤 선물을 사왔지만, 가족들이나 친구들이 내 선물을 그리 반가워하지 않았다. "뭐하러 힘들게 사와!" "여행에만 집중해야지 왜 선물 고르러 시간을 낭비해!" 처음에는 의심했다. 혹시 빈말인가? 내가 더 좋은 선물을, 더 비싼 선물을 사왔어야 하는 건가? 하지만 알고 보니 가족들과 친구들은 진심으로 내가 선물을 사기 위해 쓰는 시간과 돈을 아까워했다. "선물 좀 그만 사. 네 선물 없어도 난 널 사랑해." 엄마는 말씀하셨다. "멀리 떠나서 실컷 세상 공부하고 오너라." 동생들은 말했다. "언니, 이제 힘든 일 다 잊고 여행할 때는 여행에만 집중해." 그제야 그들의 잔소리가 진심이라는 것을 깨달았다.

이제는 여행기를 쓰기 위해 필요한 책이나 기념품만 아주 조금 사온다. 아무것도 안 사올 때도 많다. 오히려 여행에서 돌아오면 짐이 획기적으로 줄어들 때도 있다. 집에서 가져간 샴푸나 치약 같은 물품들을 남김없이 다 쓰고 오니까. 게다가 너무 오래 신거나 입은 신발이나 옷들이 다 닳거나 헤져서 버리고 오기도 한다. 여행 중에 멋을 부리겠다는 생각을 버리자 짐이 몹시 가벼워졌고, 아침에 일어나서 여행 장소로 가는 시간도 엄청나게 단축되었다.

제로 웨이스트까지는 아니더라도, 최대한 짐과 쓰레기를 적게 하자고 마음먹으면, 우리가 여행을 떠나는 진짜 이유가 보이기 시작한다. 짐을 줄이면 더 많이, 더 빨리, 더 오래 걸을 수 있다. 기차역에 내렸을 때도 숙소까지 가뿐하게 걸어갈 수 있다. 짐이 많으면, 힘들다며 택시부터 찾게 된다. 그러면 기차역에서 도심이나 마을로 들어가는 길의 다채로운 아름다움을 천천히 돌아볼 여유가 확 줄어든다. 가장 작은 기내용 캐리어나 배낭 하나 정도만 들고 여행을 다니면 걷는 것이 더 이상 두렵지 않게 된다. 나는 여행 가방을 채울 여러 물품을 사느라 바쁜 시간과 돈을 아껴서, '여행지와 미리 가까워지는 법'을 연구한다. 예컨대 '그곳에 가면 어떤 콘서트를 볼까', '그곳에 가면 어떤 역사와 인물들을 만날까'를 고민해보고 조사하곤 한다. 여행지로 떠나기 전에 그 지방에 얽힌 역사적 사건과 인물을 더 많이 알아둘수록 여행은 더욱 흥미로운 에피소드로 가득 차게 된다. 더 자주, 더 많이 걸을수록 여행지 깊숙이 숨어 있는 비밀스러운 아름다움이 드러나기 시작한다. '짐을 잃어버려도 괜찮다'는 마음이 들 때까지, 짐에 들어가는 돈과 시간을 줄이고, 짐을 일일이 매번 챙기는 스트레스까지 확 날려버리자. 오직 더 많이 걷기 위해, 더 오래 여행지의 오밀조밀한 기쁨을 맛보기 위해, 내 몸이 견뎌내고 책임져야 할 모든 짐을 최대한 벗어버리자. 당신의 여행 가방이 가벼워질수록 당신이 여행지의 온갖 아름다움과 접촉할 수 있는 눈부신 기회는 더욱 많아질 것이다.

아무도 상처받지 않는
공간을 꿈꾸며

걷고 또 걸어야만
보이는 것들

왜 그토록 꿈꾸던 것들이 막상 이루어졌을 때 그렇게 행복하지만은 않은 것일까. 꿈을 이루는 데 엄청난 에너지가 들어가기 때문이다. 기쁨을 느끼는 데도 에너지가 필요하기 때문이다. 그리고 우리가 가진 에너지에는 한계가 있기 마련이기 때문이다. 코로나가 잠잠해진 이후에 떠난 여행도 그러했다. 그토록 꿈꾸던 여행인데, 체력의 한계가 불과 사흘 만에 찾아왔다. 정말 부끄러웠다. 코로나 핑계를 대며 운동을 전혀 하지 않은 탓에 몸은 물에 불은 솜처럼 금방 축 늘어져버렸다. 몇 년 동안 그토록 그리워하던 루브르 박물관에 도착하자마자 피로감이 엄습했다. 아, 이럴 수가. 나는 왜 이렇게 나약해져버린 것일까.

코로나로 인해 급격히 줄어든 실외 활동, 그리고 '앉아서 책을 읽고 글을 쓰는 것'만을 좋아하는 생활 습관이 환상의 하모니(?)를 이루어 내 몸을 나약하게 만든 것만 같았다. 체력을 어떻게든 끌어 올리기 위해 비타민도 먹어보고, 에스프레소 투 샷으로 커피를 마셔보기도 했지만, 진정으로 체력이 회복되기 위해서는

'매일 2만 보 이상 걷기'라는 나만의 유럽 여행 루틴을 계속 실천하는 수밖에 없었다. 그간 수업도 온라인 중심으로 진행하고, 출판사 미팅도 온라인이나 전화로 해결하다 보니, 하루 걷기 운동은 1천보도 채 안 되는 경우가 많았다. 다시 튼튼한 여행자의 신체로 돌아가기 위해, 걷고 또 걷기 시작했다.

편안함에 길들어버리면 여행조차 고통이 될 수 있다. 편안하기로 따지면 '집콕'만큼 편안한 것이 없다. 무엇이든 불평 없이 잘 먹고, 잠자리가 불편해도 끄떡없이 잘 자고, 아침 햇살이 얼굴을 간질이기도 전에 벌떡 일어나는 건강한 여행자가 신체를 회복할 수 있는 최고의 비법은 '무작정 걷기'다. 일주일 이상 하루 2만 보씩 걷기 시작하자 드디어 체력이 회복되기 시작했다. 아름다움을 느낄 수 있는 감성의 에너지, 그것을 얻기 위해, 걷고 또 걸어야만 했던 것이다.

여행자의 체력을 키우는 또 하나의 방법은 '디지털 디톡스'를 실천하는 것이다. 여행할 때는 여행지에 관련된 정보 이외에는 찾아보지 않으려 애썼다. 국내 뉴스를 보는 순간 '스트레스 지수'가 엄청나게 올라가기 때문이다. 다른 사람을 깎아내리기 위해 온갖 권모술수를 가리지 않는 뉴스들을 볼 때마다 가슴이 무너져 내렸다. 원색적 비난이 아닌 건강한 비판으로 뉴스를 만들어갈 수는 없는 것일까. 타인을 공격하는 뉴스가 아니라 '함께 더 나은 세상'을 위한 비전을 창조하는 뉴스를 만들 수는 없는 것일까. 나는 타인을 공격하는 뉴스에 매우 취약한 사람이다. 그런 것들을 볼 때마다 그동안 소중히 간직해온 희망과 순수가 위협당하는 느낌이다.

그래서 여행지에서도 뉴스를 볼 때마다 '아름다움을 느낄 수 있는 감성의 체력'이 고갈되는 느낌이었다. 무섭고 추악한 것들을 정화시키는 데 에너지를 쓰느라 아름다움을 느끼는 데 필요한 에너지가 남아나지 않는 느낌이었다. 그래서 여행하는 동안만은 되도록 뉴스 보는 시간을 최대한 줄이고 싶었다. 그러나 아침에 일어나자마자 뉴스를 보는 습관을 고치기가 참으로 어려웠다. 디지털 디톡스를 실천하는 가장 좋은 방법은 바로 '눈앞에서 일어나는 사건'에 집중하는 것이다. 이어폰을 빼고, 내 곁에서 들리는 소리에 집중해본다. 자동차에서 내려 내 발로 한 걸음 한 걸음 걸어본다. 그렇게 '진짜 나의 몸으로 느낄 수 있는 세상' 속으로 조금씩 다시 걸어 들어가는 연습을 시작했다. 자극적이고, 극악무도하고, 잔인한 것들을 보여주느라 혈안이 된 대중매체를 멀리하다 보니, 마음 또한 점점 깨끗해지는 것 같았다.

나에게 가장 잘 맞는 '디지털 디톡스'이자 '세상의 아름다움을 느끼는 지름길'은 '박물관에서 천천히 걷기'다. 루브르 박물관에서 체력이 고갈되는 것을 느끼면서도 기뻤던 것은 스스로 다시 아름다움을 느낄 줄 아는 신체, 아름다움에 감동할 줄 아는 심장을 되찾는 느낌이 들어서였다. 사람들은 마스크를 쓴 채로도 기꺼이 '아름다움을 느낄 줄 아는 삶'을 훌륭하게 되찾아가고 있었다. 참으로 다행스럽게도 저는 걷고 또 걸음으로써 방랑자의 신체를, 여행자의 체력을 회복해가고 있었다.

내가 꿈꾸는 '책과 예술을 사랑하는 사람들의 살롱'을 이미 오래전에 파리에 만든 실비아 비치의 아름다운 서점, 셰익스피어 앤 컴퍼니. 늦은 밤에 가면 더 아늑하고 '살롱스러운' 분위기가 풍겨 나온다.

한 달쯤 살아보는
여행의 묘미

여행 중 한 도시에 머무는 최소 시간으로 어느 정도가 가장 적당할까. 하루는 너무 짧다. 물론 시간과 비용이 허락한다면 그야말로 한없이 머무르고 싶지만, 최소한 일주일 정도는 그 도시에서 '월화수목금토일'의 차이를 느껴보는 것이 좋다고 생각한다. 내가 여행의 묘미를 처음으로 알게 된 도시는 오스트리아 수도 빈과 이탈리아 피렌체였다. 빈 일주일, 피렌체 일주일, 이렇게 두 도시만 선택해서 보름 정도 여행을 다녀온 뒤 나는 '더 오래, 더 깊이 도시의 매력을 체험하는 여행'의 소중함을 알게 되었다. 일주일을 바지런히 돌아다녔는데도, 이 도시를 다 알지 못하고 있구나. 하루에 2만 보 이상 걸으면서 도시의 골목골목을 쏘다녔는데도 '아직 미진하구나'하는 생각이 들 정도였으니 말이다. 나의 이런 목마름을 채워준 또 다른 여행이 바로 '베를린에서 한 달 살기', '제주에서 한 달 살기'였다.

어떤 도시에 한 달 이상 살아본다는 것은 '여행자'를 넘어 '거주자'의 시선으로 그 도시를 바라볼 수 있는 눈이 생긴다는 것을

독일 베를린에서 내가 가장 좋아했던 미술관, 쿨투어포럼에서 그림을 감상하는 연인들.

의미한다. 현지인처럼 살아보는 것. 인증 숏을 찍기 위한 여행이 아니라 그 도시의 비좁은 골목길, 소담스러운 가게들, 정겨운 노점상들, 동네 주민과도 친밀해질 수 있는 여행. 나는 독일 베를린에서 한 달 동안 지낼 때 호텔이 아닌 유학생의 하숙집에서 묵었다. 여름방학 동안 한국에 다시 돌아오는 베를린 유학생의 방을 빌려, 아주 저렴한 가격에 한 달 이상 그곳에 머물렀다. 도심이 아니어서 더 좋았다. 매일 전철을 타러 가는 길이 또 하나의 아름다운 산책 길이 되어주었다. 마치 절체절명의 미션인 것처럼 자신의 정원을 매일 아름답게 가꾸는 할머니, 할아버지들도 보았고, 샌드위치와 바게트가 맛있는 동네 빵집에서 매일 갓 구운 빵을 먹기도 했으며, 마트에서 장을 봐서 아침과 저녁을 모두 요리해서 즐기기도 했다. 쓰레기 분리 배출도 직접 해보고, 하숙집 아주머니와 한담을 나누기도 하고, 베를린의 도심에서 하숙집으로 돌아오는 길에 쏟아지는 별빛에 취해 하염없이 밤길을 걷다가 달빛이 내려앉은 벤치에서 고요히 생각에 잠기기도 했다.

내한 공연 당시에는 표가 비싸 망설였던 베를린 필하모닉 오케스트라의 공연도 부담 없이 볼 수 있었고, 아예 한 달짜리 '베를린 박물관 투어 티켓'을 끊어서 런던과 파리와는 또 다른 특색을 지닌 훌륭한 컬렉션을 자랑하는 베를린 곳곳의 박물관과 미술관을 부지런히 다니기도 했다. 전에는 '이곳에 가고 싶긴 하지만 시간이 없어서 안 되겠다'고 포기했던 수많은 장소에도 오래오래 앉아 있을 수 있었다. 물어물어 브레히트의 묘지를 찾아가 한참 동안 무덤 속의 브레히트와 도란도란 이야기를 나누기도 하고, 브레히트 묘지 곁에 헤겔의 묘지가 있다는 것을 우연히 알고 '꺅' 하고 소리를 지르기도 했다. 히틀러의 회의 장소로 유명했던 반제를 산책하며 다시는 반복되어서는 안 될 잔혹한 나치즘의 흔적을 한동안 바라보기도 했고, 페르가몬 박물관 안에 있는 제우스의 대제단에서 '1천년 전의 지구'를 향해 시간 여행을 떠나온 듯 넋을 잃고 할 말도 잃은 채 몇 시간씩 앉아 있기도 했다. 그 모든 시간이 바삐 움직이는 단체 여행에서는 미처 경험해보지 못한 느리고 한적한 여백의 묘미를 느끼게 해주었다.

짐이 한곳에 있으니 주말마다 다른 도시를 여행할 때도 가장 작은 배낭 하나만 달랑 들고 떠나면 충분했다. 베를린에서 가까운 드레스덴, 빈 등으로 잠깐씩 나들이하듯 다녀오는 여행도 무거운 캐리어를 동반하지 않았기에 몸은 물론이고 마음까지 가볍게 다녀올 수 있었다. 그야말로 '여행 속의 또 다른 여행', 베이스캠프가 있기에 더욱 안심이 되는 그런 여행이었다.

천천히 골목길을 걸으며 다음 일정에 쫓기지 않는 한 달 살기 여행의 즐거움. 그것은 세상이 우리에게 선물하는 한 장소의 눈부신 아름다움을 더 깊이, 더 오래 간직하는 '느리게 살기'의 축복이다. 우리가 더 천천히 여행할수록, 세상은 더 그윽한 삶의 향기로 우리를 반겨준다. 우리가 비행기나 자동차의 속도가 아닌 천천히 걸어가는 속도로 세상을 바라볼수록, 세상은 더욱 눈부신 축복의 언어로 말을 걸어온다. 삶이 힘겹게 느껴질 때마다, 천천히, 깊이, 더 오래 바라보는 여행의 추억은 아픔을 치유하는 내면의 빛이 되어준다.

내가 사랑한 여행지

3

매일매일
새로운 나를 찾는
도시

미국
뉴욕

"사람들은 자기 자신을 찾기 위해 로스앤젤레스로 가고, 무언가 새로운 존재가 되기 위해 뉴욕으로 간다."《아이 하트 뉴욕I heart Newyork》의 작가 린제이 켈크의 말이다. 정말 로스앤젤레스처럼 자연의 아름다움과 온화한 기후를 가진 도시에서는 편안하게 '본래의 나'를 찾는 느낌이 든다. 그리고 뉴욕이나 런던, 파리처럼 화려한 대도시에서는 뭔가 새로운 나, 또 다른 나, 알 수 없는 나를 향한 탐구의 열정이 샘솟는다. 뉴욕에서 나는 매일매일 새로운 나를 찾는 느낌이었다. 뉴욕에서 나는 매일 인류의 문화유산이 가득 담긴 보물창고를 초고속 열차를 타고 탐험하는 기분이었다.

매일 새로운 뮤지컬이나 오페라 공연을 봤고, 매일 미술관이나 박물관에 갔다. 일분일초가 아쉬웠다. 이 아름다운 작품들을 매일 볼 수 있는데도 단 하루라도 놓칠까 봐 '즐거운 조바심'을 느끼곤 했다. TV로 영화나 공연을 관람하는 것과는 비교도 할 수 없는 뜨거운 감동과 다채로운 문화적 자극이 나를 행복하게 해주었다. 뉴욕에서 나는 날마다 새로워지는 느낌, 날마다 '또 하나의

뉴욕의 상징, 브루클린브리지에서 바라본 뉴욕.

JFK공항에서 바라본 뉴욕의 스카이라인.

화려한 간판들이 밤마다 카니발을 벌이는 듯한 타임스퀘어.

나'를 만나는 기분이었다.

공연 관람뿐만 아니라 그저 거리를 걷는 것만으로도 뉴욕은 산책자의 즐거움을 만끽하게 해준다. 내가 뉴욕에서 지낸 3주 동안 매일 자석에 이끌리듯 걸어간 곳이 있다. 바로 타임스퀘어다. 이곳에 있으면 '여기가 뉴욕이로구나' 하는 느낌이 가장 강렬하게 다가왔다. 브로드웨이 뮤지컬의 현란한 포스터들, 전 세계 대기업의 광고들이 한자리에 모인 듯한 화려한 전광판들. 뉴욕은 이 모든 것들을 사람들에게 펼쳐 보이면서 '손을 뻗기만 해요, 이 모든 것들이 당신 거예요!'라고 외치는 것 같았다.

뉴욕 하면 가장 먼저 떠오르는 이미지들은 주로 영화 속의 장면들이다. 〈해리가 샐리를 만났을 때〉에서 아직 사랑과 우정의 경계에서 서성이며 설레는 감정을 느끼던 해리와 샐리가 낙엽이 우수수 떨어지는 센트럴파크의 거리를 걷던 모습. 〈뉴욕의 가을〉에서 리처드 기어가 불치병으로 죽어가는 위노나 라이더의 모습을 안타깝게 바라보는 상황에서 펼쳐지는, 여주인공의 꺼져가는 생명처럼 잎사귀의 빛깔을 바꿔가는 뉴욕의 거리 풍경. 〈악마는 프라다를 입는다〉에서는 화려한 패션 감각을 자랑하며 보무도 당당하게 거리를 걷는 사람들과 하늘을 찌를 듯 높이 솟아 있는 뉴욕의 마천루들, 그 속에서 항상 미친 듯이 빠른 속도로 뛰어가는 주인공 앤 해서웨이의 모습이 떠오른다. 〈비긴 어게인〉에서 묘사된 뉴욕은 화려한 고층 빌딩보다는 '구석구석 아름다운 골목길'의 모습이다. 거대한 마천루로 가득한 뉴욕의 대로변이 아니라 소박한 골목길에서 뉴욕은 새롭게 발견된다. 모든 소음이 제거된 완벽한 스튜디오가 아니라, 건물의 옥상, 건물 사이의 좁은 골목길 등 그야말로 뉴욕의 구석구석에서 신곡을 녹음하는 밴드의 모습이 떠오른다. 모든 소리가 제거된 완벽한 녹음 공간보다 '뉴욕의 자연스러운 일상의 소리'를 담아냈다는 점에서 그 음반은 '뉴욕이라는 도시 자체'가 음반 제작에 참여한 셈이 된다.

두 번째 추천 장소는 센트럴파크다. 특히 '뉴욕의 가을'이라는 계절의 정취를 맛보고 싶은 사람이라면 센트럴파크에서 천천히 걸어보기도 하고, 연못에서 보트를 타보는 것도 좋다. 타임스퀘어는 전광판이 꺼지는 때를 본 적이 없을 정도로 24시간 뉴욕의 낮과 밤을 밝혀 때로는 비현실적인 느낌을 주지만, 센트럴파크는 '뉴욕 사람들의 하루'를 투명하게 보여주는 청사진 같다. 해가 뜨기 시작하면 사람들은 아침 일찍 산책하거나 조깅하며 센트럴파크를 활기차게 깨운다. 낮이 되면 핫도그나 샌드위치, 또는 집에서 마련해온 도시락을 펼쳐놓고 점심을 먹는 사람들이 있고, 유치원에서 소풍 나온 아이들과 선생님들이 노래를 부르며 줄지어 걸어가기도 한다. 여행자들은 마부가 이끄는 알록달록한 마차를 타고 센트럴파크를 한 바퀴 돌기도 한다. 워낙 널찍한 공원이기에 도보로 산책하려면 한나절도 모자라다. 자전거를 타는 사람, 보드를 타는 사람, 조용히 책을 읽으며 벤치에 앉아 있는 사람, 춤을 추는 사람, 그야말로 각양각색의 사람들이 센트럴파크의 하루를 다채롭게 수놓는다. 내가 좋아하는 장소는 센트럴파크 안에 있는 셰익스피어 가든과 셰익스피어 극장이다. 셰익스피어의 연극을 공연하는 곳이기도 하고, 셰익스피어의 대사들을 팻말로 장식한 아름다운 정원과 오색찬란한 꽃들이 가을의 정취를 더욱 물씬 뿜어낸다.

　세 번째로 추천하고 싶은 장소는 메트로폴리탄 박물관이다. 세계 5대 박물관 중 하나이기도 한 메트로폴리탄 박물관의 매력은 단지 방대한 컬렉션에 그치는 것이 아니라 그 주변 환경과 이루는 따사로운 조화에서도 찾아볼 수 있다. 센트럴파크를 내려다보는 옥상 전망대는 그리 높지 않음에도 불구하고 뉴욕의 아름다운 풍광을 '메트로폴리탄의 시선'으로 세련되게 편집해서 보여준다. 고흐의 자화상과 사이프러스 나무 그림, 고흐의 〈해바라기〉와 모네의 '수련', 고갱의 〈타히티의 여인들〉, 로댕의 〈생각하는 사람〉과 〈영원한 봄〉, 드가가 그린 아름다운 발레리나와 페르메이르가 그린 여인의 초상들, 그리고 클림트가 그린 개성적인 여인의 초상들까지. 이 모든 작품을 한자리에서 볼 수 있다는 것만으로도 메트로폴리탄 박물관은 놀라운 곳이다. 메트로폴리탄 박물관에서 커다란 기쁨을 느낀 사람들은 모마와 휘트니 뮤지엄도 꼭 들러보길 바란다.

　《분노의 포도》를 쓴 작가 존 스타인벡은 뉴욕의 문제점에 대해서 솔직하게 묘사한다. 뉴욕은 온갖 트러블로 가득한 도시라고. 그렇다. 뉴욕은 때로는 더럽기도 하고, 때로는 추하기도 하

메트로폴리탄 박물관은 뉴욕에 갈 때마다 가장 먼저 방문하고 싶은 예술의 오아시스다.

다. 변덕스러운 날씨는 악명 높고, 뉴욕시의 정책은 자라나는 아이들에게는 위협적이며, 교통은 미쳤으며, 경쟁은 살인적이라고 비판한다. 그러나 오직 뉴욕만이 가진 영원한 매력이 있다고 한다. 존 스타인벡은 〈미국 그리고 미국인들〉이라는 글에서 이렇게 이야기한다. "당신이 일단 뉴욕에 살기 시작한다면 뉴욕은 당신의 고향이 된다. 이 세상 그 어느 곳도 여기처럼 편안하게 느껴지지 않게 된다." 한편 뉴욕은 세계 스포츠의 메카이기도 하다. 뉴욕 마라톤은 전 세계에서 가장 큰 마라톤 대회이고, US오픈 테니스 대회는 테니스 선수라면 누구나 꿈꾸는 최고의 대회이며, 뉴욕 메츠의 홈구장이 된 시티 필드 경기장은 야구 경기의 메카다. 국제 농구 연맹, 국제 하키 리그, 메이저리그 등의 본부가 모두 뉴욕에 있다.

마지막으로 추천하고 싶은 장소는 브루클린브리지다. 브루클린브리지는 그저 그 위를 천천히 걷는 것만으로도 아름다운 풍경화나 영화 속의 주인공이 되는 듯한 달콤한 환상을 심어준다. 브루클린에서 뉴욕 쪽으로 걸어오는 방향에서 만나는 사람들은 하나같이 밝고 화사한 표정이다. 왼쪽으로는 저 멀리 자유의 여신상이 보이고, 오른쪽으로는 맨하탄의 마천루가 파노라마처럼 펼쳐진다. 브루클린브리지를 걷고 있으면, 모르는 이에게도 쉽게 말을 거는 사람들을 많이 볼 수 있다. 나에게도 누군가 말을 걸었다. "저희 사진 좀 찍어주시겠어요?" 금발의 파란 눈을 한 사랑스러운 소녀였다. 그녀는 휴대전화 사진뿐 아니라 폴라로이드 사진도 원했다. 내가 두 가지 사진 모두를 찍어주니, 그녀가 감사의 뜻으로 나의 즉석 사진도 찍어주었다. "선물이에요!" 그녀의 환한 미소 때문에 브루클린브리지에 태양이 하나 더 뜬 것처럼 느껴졌다. 나는 그녀와 한 번 더 우연히 마주쳤다. 그날 저녁 레스토랑에서 햄버거를 먹다가 그녀와 친구들을 다시 만났다. 우리는 반갑게 인사하고, '오랜만이구나'라는 농담까지 주고받으며 서로의 멋진 여행을 빌어주었다. 뉴욕에서는 누구나 쉽게 친구가 된다.

물론 뉴욕이 '지상의 유토피아'처럼 완벽한 곳은 아니다. 교통 문제, 위생 문제, 계급 격차 문제는 여전히 뉴욕이 해결해야 할 과제다. 그럼에도 사람들은 뉴욕을 사랑하고, 뉴욕에 한 번쯤은 가보고 싶어 하며, 뉴욕을 그리워한다. 영국의 작가 수전 에르츠는 이렇게 말한다. 뉴욕은 결코 거주자들의 편안함이나 행복을 위해 건설된 것이 아니라고. 뉴욕은 온 세상을 놀라게 만들기 위해 만들어진 곳이라고. 뉴욕에는 세 가지 종류의 뉴요커가 있다고 한다. 첫째, 뉴욕에서 태어난 사람들natuves, 둘째, 통근자들commuters, 그리고 이주민들settleres. 첫 번째는 뉴욕에서 태어나고 뉴욕에서 거주한 사람들로 이들은 뉴욕의 모든 것을 당연하게 여긴다. 그 엄청난 규모와 커다란 혼란까지도 아주 자연스럽고 피할 수 없는 것으로 받아들이는 뉴욕 토박이들이다. 둘째, 뉴욕으로 통근하는 사람들이다. 뉴욕으로 출근하는 사람들에게 뉴욕은 날마다 어마어마한 메뚜기 떼를 집어삼키고 매일 밤 그 메뚜기 떼를 뱉어내는 거대한 존재처럼 느껴진다. 밤이 되면 그들은 뉴욕이 아닌 인근 도시로 퇴근하니 말이다. 셋째, 다른 곳에서 살다가 뉴욕으로 오는 사람들. 이들은 여행자이거나 이주자들이다. 그들은 뉴욕이 아닌 다른 곳에서 태어났으며, 간절한 마음으로 무언가를 찾기 위해 뉴욕으로 온다. 뉴욕으로 출근하는 사람들에게 뉴욕은 밀물과 썰물처럼 끊임없이 왔다 갔다 하는 불안한 존재이며, 뉴욕에서 태어난 사람들에게 뉴욕은 고정불변의 영원한 것이다. 하지만 뉴욕에 정착하기 위해 다른 곳에서 온 사람들에게 뉴욕은 곧 열정의 상징이다. 그들은 가장 열정적으로 뉴욕에서 무언가를 찾기 위해 분투한다. 나는 세 번째 부류다. 간절한 마음으로 무언가를 찾기 위해 뉴욕으로 떠나온 사람 중 하나구나. 뉴욕에 있으면 나와 직접적으로 상관없는 일이라 해도 왠지 설레고, 왠지 심장이 쿵쾅거리고, 세계의 뜨거운 중심을 매일매일 엿보는 느낌이 든다.

작가 도로시 파커는 이렇게 말한다. "런던은 만족스럽고, 파리는 실망스럽지만, 뉴욕은 언제나 희망차다. 분명히 나에게 뭔가 좋은 일이 일어날 것 같은 느낌, 그래서 빨리 그 좋은 순간을 만나기 위해 서둘러야 할 것 같은 느낌이다." 나는 뉴욕에서 자꾸만 걸음이 빨라지는 나 자신을 발견했다. 바쁜 일이 있는 것도 아닌데, 누군가와 시간 약속을 한 것도 아닌데, 나는 그저 내가 가고 싶은 미술관과 콘서트홀에 가기 위해, 내가 바라보고 싶은 풍경에 더 빨리 도착하기 위해, 걸음을 재촉하고 있었다. 바쁜 서두름이 아니었다. 설렘 때문이었다. 분명히 나에게 뭔가 좋은 일이 일어날 것만 같은 느낌 때문이었다. 뉴욕은 새로운 풍경, 새로운 공연, 새로운 미술작품을 만나고 싶은 마음만으로도 하루하루가 매일 설렐 수 있다는 것을 내게 가르쳐준 도시다. 복권에 당첨되거나 시험에 합격하는 것 같은 '외부'로부터의 좋은 소식이 아니라, 아름다운 풍경을 만났을 때의 감동, 아름다운 공연을 봤을 때의 감동 같은 '내면의 좋은 소식'을 만나기 위한 설렘. 뉴욕에서 나는 심장을 고동치게 하는 멋진 소식이 저 바깥에서 들려오는 것이 아니라 내 안에서 들려오는 것 같은 지극한 희열을 느꼈다.

산봉우리에 펼쳐진
성찰의 바다

분명 산인데, 막상 가보면 어쩐지 바다를 더 닮은 곳이 있다. 멀리서 바라볼 때는 분명 높디높은 봉우리인 줄 알았는데, 막상 가보니 험준하고 뾰족한 봉우리가 아니라 바다처럼 광활하고 여유로운 곳, 바로 게이랑에르 달스니바 전망대다. 노르웨이의 4대 피오르 해안, 즉 게이랑에르, 송네, 하당에르, 리세 중에서도 가장 유명한 곳이기도 하다. 내가 사랑하는 장소는 바로 해발 1천 476미터의 달스니바 산에 있는 전망대다. 이곳에 올라가자, 나는 '산을 올랐다는 느낌'보다 '드디어 제대로 생각에 빠질 만한 자리'를 찾았다는 느낌이었다. 드디어 올라왔다는 성취감보다 '아, 여기가 바로 오래오래 앉아 무언가를 성찰하기 좋은 자리구나'라는 느낌에 벅차올랐다.

어디 너럭바위라도 찾아서 철퍼덕 주저앉고 싶었다. 칼날처럼 날카롭게 솟아오른 빙벽도 아름답지만, 이렇게 가까이 가보면 둥글둥글 완만한 곡선으로 퍼져 있는 봉우리가 나는 더 좋았다. 깎아지른 듯한 절벽은 내가 감히 도전할 수 있는 산이 아니기에, 나는 항상 조금 더 순하고 완만한 능선들을 흘깃거리곤 한다. 게이랑에르 피오르 일대는 2005년 유네스코 세계유산 지구로 등재됐다. 게이랑에르 서쪽의 '7자매 폭포'와 건너편의 '구애자 폭포'도 전 세계 관광객들의 사랑을 받는 곳이다. 매년 6월에는 피오르 해수면에서 산 정상까지 오르는 마라톤 경기와 자전거 경기가 열린다.

마침내 게이랑에르에 다다르니, 학창 시절 입시 지옥의 스트레스가 심할 때마다 즐겨 듣던 노래가 떠올랐다. 김민기의 〈봉우리〉였다. 그토록 높이, 더 높이 올라가보려고 발버둥 쳤건만, 인생의 유일한 목표였던 바로 그 봉우리에 올라가보니 내가 오른 곳은 그저 수많은 고갯마루 중 하나였을 뿐임을 깨닫는 순간의 허망함이 구슬픈 곡조 속에 담겨 있는 노래. "허나 내가 오른 곳은 그저 고갯마루였을 뿐. 길은 다시 다른 봉우리로. 저기 부러진 나무 등걸에 걸터앉아서 나는 봤지. 낮은 데로만 흘러 고인 바다. (⋯) 혹시라도 어쩌다가 아픔 같은 것이 저며 올 때는. 그럴 땐 바다를 생각해. 바다. 봉우리란 그저 넘어가는 고갯마루일 뿐이라고."

당시 어린 마음에 〈봉우리〉의 가사는 더 높이 올라가기만을 가르치는 세상을 향한 눈부신 저항의 깃발이 돼주었다. 그래, 세상은 드높은 봉우리를 향해 전진, 또 전진하라고 가르치지만 나는 그러지 말자. 아무리 높은 곳에 오르더라도 기어코 다시 내려와야 함을 잊지 말자. 달스니바 전망대를 발견하자마자 바로 그 어린 시절의 애청곡 〈봉우리〉가 전해주던 귀중한 깨달음의 순간이 떠올랐다.

노르웨이 게이랑에르 피오르의 달스니바 전망대에서 저마다 자신만의 오롯한
휴식을 즐기는 여행자들.

어른들은 자꾸만 높은 곳으로 오르라고 하는데, 나는 그러고 싶지 않았다. 친구를 경쟁 상대로 바라보라고 가르치는 어른들, 무조건 1등을 하라고 가르치는 어른들을 이해할 수 없었다. 고등학교 시절 시험이 끝날 때마다 우리 모두의 가슴을 아프게 하는 명단이 게시판에 붙었다. 바로 전교 1등에서 30등까지 명단을 공개하는 것이었다. '아직 열여덟 살인 우리, 꿈많은 우리'를 '명단에 드는 아이들'과 '명단에 들지 못한 아이들'로 철저하게 나눠버리는 그 리스트가 내게는 평생 잊지 못할 상처로 남았다. 그렇게 잔인하게 경쟁을 부추기는 어른들에게 상처받은 나에게는 보다 고귀한 목표가 필요했다. 나는 '시험을 위한 공부'가 아니라 '더 아름다운 삶을 위한 공부'를 하겠다는 내 안의 또 다른 목표를 만들었다.

어쩔 수 없이 경쟁의 도가니 안에 갇혀 있더라도, 마음속에서는 나는 항상 '더 좋은 사람이 되기 위한 나만의 공부'를 하겠다는 염원을 잃지 않으려 노력했다. 점심시간마다 몰래 찾아가는 텅 빈 교실이 있었는데, 나는 그곳에서 앞으로 무엇이 될지도 모르는 정체불명의 원고 뭉치를 껴안고 글을 끼적이곤 했다. 성적과 교우관계에 대한 스트레스로 너무 힘들 때는 밥도 먹지 않고 원고를 쓰러 그 텅 빈 교실에 갔다. 차라리 혼자 있는 것이 미치도록 좋았다. 그 텅 빈 교실에서 나는 배고픔조차도 잊고 글을 쓰며 모든 괴로움으로부터 벗어났다. 돌이켜보면 그것이 나의 첫 번째 작가 수업이었다. 누가 가르쳐주지도 않고 아무도 시키지 않았는데, 나는 간절히 '숨어서 글을 쓸 곳'을 찾고 있었던 것이다. 그 텅 빈 교실에서 맹렬히 글을 씀으로써 비로소 '타인의 시선에 비친 나'가 아닌 '진짜 나'가 되는 느낌을 알게 되었다. 그 시간이야말로 비로소 내가 되는 시간, 그 어떤 경쟁도 타인의 시선도 틈입하지 못하는 나만의 소중한 집중과 치유의 시간이었다. 지금 생각해보니, 아무도 찾아오지 않는 그 텅 빈 교실이야말로 고교 시절 간절하게 쉴 곳을 찾아 헤매던 내가 찾아낸 첫 번째 치유의 장소였다.

달스니바 전망대에 올라 눈앞에 펼쳐진 광활한 풍경을 바라보니, 신기하게도 고교 시절 그 텅 빈 교실이 떠올랐다. 달스니바 전망대는 경쟁과 목표와 타인의 시선에서 자유로워지는 곳이라는 점에서 나의 그 교실과 닮은 곳이었다. 주위를 둘러보니 사랑에 빠진 커플들이 곳곳에서 아름다운 뒷모습을 연출한다. 달스니바 전망대에는 사람이 무척 많았는데도 신기할 정도로 조용했다. 그리하여 이 세상에 오직 '우리 둘'밖에 없는 것 같은 행복한 몰입의 순간이 가능해진다. 풍경의 아름다움에 도취해 홀로 말을 잃고 서 있는 사람들도 있고, 아주 작은 목소리로 사랑을 속삭이는 커플들도 많다. 생면부지의 타인들인데, 사람들은 마치 약속이라도 한 듯 서로를 위해 모든 소리의 데시벨을 낮춰준다. 시원한 물이 담긴 텀블러 뚜껑을 여는 소리마저 잘 들리지 않도록, 아주 조심조심 열게 된다. 모두가 저마다의 행복을 마음껏 누리면서도 누구에게도 방해가 되지 않는 이런 조용한 배려가 참으로 고맙다. 어떤 장소를 끝내 아름답게 만드는 것은 결국 이런 사람들의 마음 하나하나가 아닐까.

주위를 둘러보니 전 세계 여행자들이 정성스럽게 쌓아 올린

피오르는 빙하에 의해 만들어진 U자 형태의 좁고 깊은 계곡이다.

사랑스러운 돌무더기가 보인다. 전 세계 어디를 가도 이런 소담스런 돌무더기들이 있다. 사람들의 간절한 소원, 사랑의 맹세, 애틋한 안부, 그 모든 마음의 소리들이 저 돌무더기 속에 굽이굽이 담겨 있으리라. 나는 장소에 대한 사랑, '토포필리아topophilia'라는 말을 좋아한다. 장소topos와 사랑philia이라는 아름다운 낱말이 합쳐져, 뭔가 상서로운 일이 일어날 것만 같은 설렘이 느껴진다. 내 마음속 토포필리아를 자극하는 장소들은 굳이 화려하거나 유명한 장소가 아니어도 좋다. 떠올리기만 해도 마음속에 해맑은 종소리가 울리는 것 같은 느낌을 주는 공간이 바로 내게 토포필리아를 떠올리게 만든다. 힘겨운 순간, 숨 막히게 바쁜 순간, 도저히 이대로는 못 견딜 것 같은 순간. 그럴 때 그 장소들을 떠올리면 그제야 마음속에 휴식과 치유의 여백이 생기기 시작한다. 언제라도 그리워할 장소를 만든다는 것, 그것은 먼 훗날 내 영혼이 방황할 때 비로소 다시 돌아갈 마음의 거처를 만드는 것과 같다. 당신이 너무 높이 올라가고 또 올라가느라 지쳐버렸을 때, 문득 나 혼자만 여기서 방황하고 있는 것이 아닐까 의심스러울 때, 달스니바 전망대를 떠올리며 향기로운 차 한잔 마실 수 있는 여유를 가졌으면. 타인의 시선에 비친 나의 모습에 대한 모든 걱정이 뚝 끊기는 장소, 오롯이 그저 아무 꾸밈없는 나 자신이 되는 기쁨을 온몸으로 느낄 수 있는 장소야말로 우리의 아름다운 힐링 스페이스다.

나를 오롯이
나답게 만들어주는
공간

프랑스
엑상프로방스

"이곳은 치유적인 공간이네요." 나의 작업실에 방문한 K선생님의 말이 오래도록 기억에 남았다. 항상 집에서 멀리 떨어진 독립된 집필 공간을 꿈꾸었던 나는 몇 년 전에 작은 작업실을 얻었다. 그저 아무 방해 없이 조용히 글을 쓸 수 있다는 것만으로도 작업실은 나에겐 오롯이 나 자신이 될 수 있는 공간이 되어주었다. 작업실이라고는 하지만 사실 특별한 인테리어는 없다. 그런데 그 평범한 공간을 치유적이라고 표현한 그녀의 감상이 좋았다. 나는 나도 모르게 치유적인 공간을 만들고 싶었던 것일까. 내 작업실의 특징이 있다면 의자가 유난히 많다는 것이다. 책상에 앉아서만 글을 쓰는 것이 아니라 소파나 벤치, 발 받침용 스툴, 심지어 무중력 의자에서도 글을 쓰는 나는 내 작은 공간에서조차 '여행하는 느낌'을 내고 싶었나 보다.

움직임 속에서도 멈춤을 발견하고 싶고, 정착하고 있는 중에도 유목을 꿈꾸는 것. 그냥 하염없이 '멈춤'할 수도 없고 마냥 끊임없이 움직이기만 할 수도 없는 우리 인간은 끊임없이 이곳이

세잔의 아틀리에, 거대한 통창으로 스며드는 햇살이 압권이다.

아닌 저기를, 여기 있으면서도 다른 곳에 있음을 꿈꾼다. 나는 여행할 때 예술가들의 작업실을 유심히 찾아본다. 예술가들은 이렇게 심리적 안정이 필요하면서도 동시에 강렬한 외부의 자극을 원하는 인간의 이중적 욕망을 누구보다도 적극적으로 추구하기 때문이다. 안전지대의 평온함이 필요하긴 하지만 그 아늑함에 안주해서는 안 되기에 예술가들은 끊임없이 '내부의 평온'과 '외부의 자극'을 동시에 원한다. 그러한 예술가들 중에서도 특히 고흐는 매일 야외에서 악전고투하며 그림을 그리고 집에 돌아오면 누군가가 자신을 기다려주는 아늑하고 따사로운 분위기를 원했건만, 평생 그 꿈을 이루지 못했다. 누구도 고흐가 꿈꾸는 방식으로 고흐를 사랑해주지 않았기에. 반면에 세잔은 다행히도 고흐처럼 평생 방황하지 않고 마침내 안식처를 찾았다. 그가 가장 좋아했던 생트 빅투아르 산을 언제든 오를 수 있을 정도로 가까운 거리에 있으면서도 동시에 아늑하고 편안한 아틀리에, 엑상프로방스의 작업실을 만든 것이다.

오직 세잔의 작업실에 대한 궁금증 때문에 한겨울에 불쑥 엑상프로방스에 방문했던 나는 이곳의 매력 포인트가 바로 커다란 창문임을 깨달았다. 이 커다란 유리창은 불굴의 아티스트 세잔의 마음을 투영하는 듯 한겨울에도 영롱하게 반짝인다. 세잔은 야외에서 그려야만 비로소 자연의 진면목을 포착할 수 있다고 생각했지만, 그에게도 한여름의 뙤약볕과 한겨울의 찬바람을 피할 수 있는 베이스캠프가 필요했다. 평생 비바람을 견뎌가며 수없이 생트 빅투아르 산을 그렸던 세잔은, 생의 마지막 순간에는 세탁물을 운반하는 수레에 실려서 쓸쓸하게 집으로 돌아왔지만, 결국 끝까지 자신이 살고 싶었던 삶을 살아냈다. 그는 그 무엇도 아닌 '화가'로서 살다가 죽고 싶었던 것이다.

까다롭고 예민하고 사교성이라곤 거의 없었던 세잔은 본의 아니게 이 아름다운 작업실로 온 세상 사람들을 기꺼이 친구로 맞이하고 있다. 오래전 세상을 떠난 화가를 실제로 만날 수는 없어도 그가 꿈꾸는 세상의 안테나가 되어주었던 아름다운 작업실을 만날 수 있다는 것은 크나큰 행운이 아닐까. 작업실을 관람한 뒤 한겨울 생트 빅투아르 산을 오르며 나는 한 무리의 소녀들을 만났다. 엑상프로방스의 학교에서 수업 시간에 '화가의 산책길'을 따라 견학을 나온 것이었다. 바람이 무척 많이 부는 추운 날이었음에도 아이들은 인솔 교사와 함께 씩씩하게 산에 오르고, 세잔의 아틀리에를 구경하고, 세잔의 그림에 대해 조잘조잘 이야기를 나누며, 세잔의 눈으로 세상을 이해하고 마침내 자신의 눈으로 세상을 바라보는 훈련을 하고 있었다. 생트 빅투아르 산을 오르는 아이들의 눈빛이 영롱하게 반짝이는 순간, 나는 그 낯선 프랑스 아이들과 내가 같은 것을 찾고 있음을 깨달았다. 영감을 주는 장소, 예술가의 눈부신 창조성이 태어나는 공간. 바로 그것이 내가 꿈꾸는 치유적 장소였던 것이다.

세잔의 아틀리에에서 눈에 띄는 또 하나의 사물은 모형 사과다. 사과는 세잔에게 특별한 오브제였다. 어린 시절 세잔과 에밀 졸라가 단짝 친구가 된 계기가 있었다. 학교에서 아이들에게 놀

세잔이 평생 끈질기게 탐구했던 대상, 생트 빅투아르 산.

세잔의 아틀리에서 현장학습을 하는 학생들.

림을 당하던 소년 에밀을, 세잔이 홀로 용감하게 나서서 구해준 것이다. 그때 소년 에밀 졸라가 폴 세잔에게 고마움의 뜻으로 준 선물이 바로 사과였다. 둘은 무려 30년간 우정을 나누며 서로에게 둘도 없는 친구로 지냈다. 화가의 길을 꿈꾸며 '사과 하나로 온 세상을 놀라게 하겠다'고 마음먹었던 세잔에게는 30년 우정의 첫 증표였던 그 사과가 너무도 특별한 상징이 아니었을까. 부모가 결사반대하던 여인 오르탕스와 결혼했고, 나아가 부모가 반대하는 화가의 길을 꿋꿋이 걸어가던 세잔이 가장 의지하던 친구도 바로 일찍이 작가로 성공했던 에밀 졸라였다. 생활비가 모자랐을 때 에밀 졸라에게 편지를 보내 도움을 청할 정도로, 세잔은 친구에게 의지하고 있었다. 하지만 에밀 졸라가 세잔을 모델로 한 소설 속 인물을 '실패한 천재'로 묘사함으로써 둘 사이의 우정은 영원히 끝나게 된다. 에밀 졸라의 의도는 그렇지 않았겠지만 세잔은 돌이킬 수 없이 상처받았을 것이다. 그렇기에 세잔에게는 이 작업실이 화려한 출세나 성공과 맞바꾸어도 아깝지 않은 아늑한 치유의 공간이었을 것이다. 죽마고우 에밀 졸라에게 상처 입은 세잔에게 영원한 친구이자 뮤즈는 오히려 생트 빅투아르 산이었을지도 모른다. 인간처럼 상처 주고 배신하지 않는 존재, 생트 빅투아르 산은 자연의 원초적인 형태를 연구하며 새로운 세계를 개척하고 싶어 했던 세잔에게 영원한 뮤즈와 같은 존재였다.

여행이 끝난 뒤에 오랜 시간이 지나 여행에 대한 글을 쓸 때, 나는 비로소 진짜 여행이 새로 시작되는 느낌에 사로잡힌다. 경험의 한가운데에서는 경험의 진실을 제대로 알 수 없기 때문이다. 경험으로부터 거리를 두고 나만의 작업 공간에서 나의 머리와 나의 감성으로 생각할 때, 경험은 비로소 의미를 지닌 대상이 된다. 이 글을 쓰며 나는 세잔과 좀 더 가까워지는 느낌, 예술가의 작업실을 넘어 예술가의 마음속에 노크하는 느낌에 다가서게 된다. 성공한 기업가의 아들이었던 세잔은 얼마든지 사치스러운 작업실을 소유할 수 있었다. 그런데도 그는 평생 검소하게 살았다. 막대한 유산을 물려받은 뒤에도 결코 돈을 허투루 쓰지 않았다. 이런 검소함과 절제의 감각이 그의 작업실 곳곳에 배어 있다. 그에게는 비싼 땅이나 화려한 장식품이 아니라 오직 책과 화구들만 있으면 되었던 것이다. 그가 속물적인 꿈을 추구하지 않고 오직 그림만을 생각하면서 마치 숲속의 현자처럼 조용히 살았다는 사실이 더욱 깊은 공감과 감탄을 불러일으킨다. 나는 세잔의 아틀리에를 바라보며 '저 창문을 떼어 집으로 가져가고 싶다'는 부러움을 느꼈다. 이 창문만 있으면 괜찮을 것 같은 느낌. 이 창문과 이 아틀리에만 있다면. 세상의 모든 핍박과 오해로부터 자유로울 수 있을 것만 같은 느낌. 그 느낌을 알 것만 같다. 그를 부유한 사업가의 운 좋은 상속자가 아니라 '위대한 화가 폴 세잔'으로 살 수 있게 해준 아틀리에, 그곳이 바로 화가에게 치유의 장소가 되어주었다. 나의 작업실은 내가 사랑하는 책들과 여행의 흔적들만으로도 꽉 찬 느낌을 주는, 나만의 작은 아지트다. 가끔은 영혼의 피난처를 찾는 내 친구들을 위한 무료 게스트하우스가 되기도 한다. 작업실을 차리고 나서 나는 마침내 글쓰기와 휴식만을 위한 나만의 소박한 안전지대를 찾았다.

무장해제된
사랑과 치유가 있는 곳

미국
콩코드

오직 시끌벅적한 곳에서만 느낄 수 있는 잠깐의 평화를 아는가. 일도 많고 탈도 많아 바람 잘 날 없는 집안에서만 느낄 수 있는 지극히 짧은 낮잠 같은 평화. 온갖 수다와 야단법석이 폭풍우처럼 지나간 뒤, 식구들이 모두 잠든 한밤중에 홀로 깨어 있는 자만이 느낄 수 있는 달콤한 평화 같은 것. 다정하고 화목할 땐 온 세상을 뒤집어놓을 듯 시끄럽지만, 저마다 열정적으로 각자의 독서와 글쓰기에 빠져 있을 때는 산속의 암자처럼 고요한 곳.《작은 아씨들》의 주인공 조 마치네 집이 바로 그런 곳이 아닐까 싶다. 불행과 슬픔을 아름답게 표현하는 작품들은 수없이 봤지만, 단란함과 행복함을 이토록 아름다우면서도 흥미진진하게 표현한 작품은《작은 아씨들》이 단연코 최고라고 믿는다. 나에게 '문학작품 속의 공간 중에서 가장 가보고 싶은 곳 1위'는 바로 조 마치네 집, 미국 매사추세츠주 콩코드에 있는 '오처드 하우스'였다.

루이저 메이 올콧의 자전적 이야기를 충실하게 반영하면서도 슬기롭게 변형한《작은 아씨들》은 메그, 조, 베스, 에이미라는 개성 넘치는 캐릭터와 이웃집 소년 로리네를 비롯하여 마을 공동체의 따스함을 풍요롭게 담아내고 있다. 조 마치네 집은 무척 가난하지만, 그 모든 경제적 결핍을 보상하고도 남을 가족 간의 사랑과 이웃끼리의 보살핌이 네 자매를 든든히 지켜주고 있다. 그들은 그 어떤 고통도 언제든 '함께' 이겨냄으로써 단 한 사람도 소외시키지 않고 서로의 아픔을 격렬하게 보듬어준다. 그들은 항상 '우리에게 없는 것'보다는 '우리에게 아직 남아 있는 것'에 눈길을 준다. 그리하여 우리가 차마 할 수 없는 것보다는 우리가 끝내 해낼 수 있는 것으로 생을 충만하게 만든다. 자매들은 선물도 없는 크리스마스는 너무 싫다고, 이 가난이 지긋지긋하다고 생각하다가도, 셋째 딸 베스가 '그래도 우리에겐 우리가 있잖아'라고 작은 목소리로 속삭이자 모두 환하게 미소 지으며 서로를 세상에 단 하나뿐인 보물처럼 바라본다. 그렇기에 내게 조 마치네 집, 오처드 하우스는 눈물로 얼룩진 슬픔조차도 서로를 향한 무한한 신뢰와 사랑의 바다에 녹여버리는 신비로운 마력을 간직한 장소로 다가온다.

오처드 하우스는 《작은 아씨들》을 사랑하는 전 세계의 독자들이 찾아오는 문학작품 속의 명소이기도 하다. 매우 훌륭하게 보존되어 있지만 워낙 낡은 목조건물이기에 현장 가이드의 안내에 따라 소규모 투어가 진행된다. 한국어로 된 안내문도 있어 더욱 반갑다. 조심스럽게 걸을 때마다 뽀드득뽀드득 삐걱거리는 마룻바닥의 소리까지도 정겨운 곳. 집 안 곳곳에 다정한 자매들과 지혜로운 어머니 마치 부인의 숨결이 살아 있는 듯 느껴진다. 삐걱

작은 아씨들의 집에 가는 길, 콩코드를 관통하는 서드베리 강.

거리는 마룻바닥에 옹기종기 모여 앉아 전쟁터에서 딸들에게 보낸 아버지의 편지를 읽으며 눈물을 뚝뚝 흘렸던 네 자매의 발그레한 볼을 생각하면, 내가 오랫동안 잃어버린 따스함과 다정함이 되살아나는 것 같다.

오처드 하우스는 매일매일 축제 같은 소란스러움이 있지만 동시에 매일매일 맹렬한 지적 탐구와 긴장감 넘치는 토론도 존재한다. 엄마와 네 자매는 학교의 도움 없이도 자기들끼리 가르치고 배우며 이 세상 하나뿐인 독창적인 홈스쿨링을 실천했다.

《작은 아씨들》의 둘째 딸 조는 절대로 천천히 걷는 법 없이 어디서나 전속력으로 달리며, 자신의 도움이 필요한 사람들에게 기꺼이 다가간다. 메그, 조, 베스, 에이미는 자신들도 배가 고프면서도 크리스마스이브를 기념하는 오랜만의 만찬을 당장 바구니에 쓸어 담아 자신보다 더 배고픈 이웃에게 가져다준다. 이 모습을 본 이웃집 소년 로리는 할아버지에게 부탁해 그 어느 때보다도 풍요로운 만찬을 준비해 작은 아씨들의 집에 몰래 가져다 놓는다. 나는 이 네 자매와 어머니의 사랑이 서로를 향해서만 존재하는 것이 아니라 이 세상 모든 고통받는 사람들을 향해 열려 있는 것이 참으로 좋았다. 그리하여 로리의 할아버지 로렌스 씨의 극적인 변화가 더욱 놀랍고 감동적으로 다가온다. 로렌스 씨는 무뚝뚝하고 차가워 보이는 사람이었다. 자신의 소중한 딸과 사위가 젊은 나이에 목숨을 잃었기에 평생 그에 대한 죄책감과 트라우마를 간직한 채 오직 손자 로리의 행복만을 생각하며 살아왔다. 조마치네 가족을 만나기 전 로렌스 씨의 로리에 대한 사랑은 지극히 독점적이고 폐쇄적이었다.

　로리는 이 세상 하나뿐인 혈육이니까 모든 것을 주어도 아깝지 않다고 생각했지만, 로렌스 씨의 사랑은 외로움과 두려움으로 가득한 로리의 영혼을 구하지 못했다. 뜻밖에도 로리를 구원할 수 있는 힘은 이웃집 소녀들, 조와 메그, 베스와 에이미가 가지고 있는 것들이었다. 로리는 로렌스 씨로부터 어마어마한 재산을 상속받을 수 있었지만, 그 재산은 결코 로리를 구하지 못했다. 로리는 다른 사람에게는 마음을 닫고 끝없이 자신만을 바라보는 할아버지의 닫힌 사랑이 갑갑했던 것이다. 로리는 이 마을로 이사 온 지 얼마 안 되어 옆집에서 반짝이는 구원의 불빛을 발견한다. 겉으로 봐서는 무척 가난해 보이고, 아버지도 전쟁터로 나갔기에 든든한 가장도 없어 보이는 조 마치네 집이 이상하게도 활기차 보이고, 웃음소리와 정겨운 수다가 끊이지 않는 것을 발견한 것이다. 그것은 로리가 한 번도 겪어보지 못한 떠들썩한 사랑이었다. 자매들은 엄마가 없을 때조차도 자기네들끼리 연극놀이를 하며 축제처럼 신명 나는 일상을 만들어간다.

　이 모든 것이 문학의 힘에서 나왔다. 자매들은 셰익스피어를 비롯한 수많은 작품을 각색하여 연극놀이를 하고, 때로는 조가 직접 대본을 써서 창작 연극을 하기도 한다. 터무니없는 실수와 엉터리 연출이 가득해도, 그들은 까르르 웃으며 서로의 모자람조차 사랑으로 끌어안는다. 로리는 그 떠들썩함, 그 온기, 그 웃음소리를 사랑한 것이다. 로리에게 절실히 필요한 것은 바로 그 왁자지껄한 단란함, 모든 체면과 자존심을 내려놓은 무장해제된 사랑이었던 것이다. 조가 로리를 '자매들끼리의 비밀 연극'에 초대한 것이야말로 외로운 이방인 로리를 환대하는 가장 따사로운 마음이었다. 여자들끼리, 가족끼리, 우리끼리만 뭉쳐 있는 것이 아니라 낯선 이웃집 소년 로리를 기꺼이 초대하여 그들이 가장 중요하게 생각하는 가족 행사인 연극을 함께 공연함으로써 두 가족은 하나가 될 수 있었다.

왜 화려하고 풍족한 로리의 집이 아니라 가난한 조 마치네 집이 기억할 만한 장소가 된 것일까. 그것은 바로 아름다운 이야기가 꽃피는 장소이기 때문이다. 풍족하지만 그 어떤 흥미로운 사건도 일어나지 않는 로리네 집과 달리, 조 마치네 집은 하루도 빠짐없이 파란만장한 사건이 일어난다. 바로 그 이야기의 장소, 다툼과 화해의 장소, 상실과 회복과 미움과 사랑의 드라마가 매일 펼쳐지는 장소. 그곳이야말로 이야기가 피어나는 장소이며 문학이 탄생하는 기념비적 장소다. 더 오래, 더 깊은 추억으로 아로새겨지는 장소에는 사람이 살아가는 이야기, 온기와 폭소와 눈물과 포옹이 가득한 이야기의 힘이 서려 있다.

《작은 아씨들》의 집 내부에는 책과 엽서 등을 판매하는 작은 기념품 숍이 있다.

뮌헨의 핫플레이스, 노이에 미술관

그 어떤 시간도
사라지지 않는 도시

독일
뮌헨

어떻게 하면 이곳의 아름다움을 언어로 표현할 수 있을까. 고대
와 중세와 현대가 한곳에 자리 잡은 예술의 유토피아, 영혼의 허
기를 채워주는 장소, 우리가 꿈꾸는 미술관의 모든 것. 이런 표현
들이 즉각 떠오르지만 여전히 뭔가 부족하다. 그 어떤 시간도 사
라지지 않는 느낌, 바로 그것이었다. 인류가 보낸 그 모든 시간이
허공에 흩어지지 않고 오롯이 살아남은 느낌. 내게는 독일 뮌헨
의 알테 피나코테크가 바로 그런 곳이었다. 알테, 노이에, 모데르
네로 이어지는 뮌헨의 박물관 지구는 인류의 역사를 시간순으로
소중하게 보존해놓은 아름다움의 보물창고 같은 장소였다. 알테
alte는 독일어로 오래된 것, 옛것을 의미하고, 노이에neue는 새로
운 것을, 모데르네moderne는 현대를 의미하는데, 이 세 장소를 방
문하는 것만으로도 우리는 인류의 역사를 하루 만에 탐험할 수
있는 자유이용권을 얻는 셈이다.

　우리는 끊임없이 시간의 흔적이 사라지는 세계에 살고 있다.

현대미술과 디자인의 성지, 뮌헨의 모데르네 피나코테크. 자동차, 자전거, 책상.
의자 등 온갖 디자인의 역사를 한눈에 관람할 수 있다.

리모델링, 재건축, 재개발, 신도시……. 이런 말들을 매일 사용하는 한국 사회에서는 더더욱 빠른 속도로 옛것이 사라져간다. 너무 빨리 세상이 바뀌다 보니 사랑했던 장소들조차도 금세 사라져간다. 어린 시절 동네 친구들과 '무궁화꽃이 피었습니다' 놀이를 하며 뛰놀던 장소들, 설레는 마음으로 첫 데이트를 했던 장소, 첫사랑과 헤어진 장소, 온 가족이 처음으로 가족사진을 찍었던 장소 등등. 오래전 추억이 담긴 장소들은 사라지거나, 상호가 바뀌거나, 흔적 자체를 알아볼 수 없이 변해버렸다. 이 아쉬움은 내가 오랜 시간의 흔적이 올올이 살아 있는 옛 도시들에 유난히 애착을 느끼는 이유이기도 하다. 옛 도시들은 문화재 보존을 위해 개발제한구역이 된 곳들이 대부분이기에, 10년 전에 간 곳도, 20년 전에 간 곳도 '그때 그 시절'의 모습을 간직하고 있다.

우리는 자본주의 사회에 살고 있지만, 이 숨 막히는 자본의 압박 속에서 어떻게든 숨을 내쉴 비상구가 필요하다. 나는 여행을 통해 그런 영혼의 비상구를 찾아 헤매왔다. 뮌헨에서는 한 달에 한 번 '오직 1유로'만으로 이 모든 박물관들을 한꺼번에 돌아볼 수 있는 날이 정해져 있다. 한 달에 하루만 반짝 시간을 내면 위대한 작품 전부를 1유로에 볼 수 있는 것이다. 처음으로 뮌헨에 갔을 때는 이런 달콤한 정보를 알지 못해 미술관마다 각각 요금을 지불했지만, 사실 그 돈도 아깝지 않았다. 세 개의 미술관 모두 어느 하나 놓칠 수 없는 아름다움을 간직하고 있었기 때문이다. 마지막으로 뮌헨에 갔을 때 운 좋게 '원유로 데이'에 우연히 맞출 수 있었는데, 그 기쁨은 상상 이상으로 컸다. 그 기쁨의 원천은 '일일

팔찌'에서 나왔다. 주최 측은 1유로만 내면 관람자들에게 알록달록한 종이 팔찌를 만들어주었다. 그저 종이 팔찌일 뿐인데, 보물단지라도 받은 듯 뿌듯했다. 단돈 1유로로 지상낙원의 입장권을 얻은 기분이기에. 단지 돈의 문제가 아니라 이 팔찌 하나만 있으면 그날 하루 동안은 줄을 서고 기다리는 모든 절차를 생략하고 미술관 세 곳을 언제든지 드나들 수 있기 때문이다. 1유로 종이 팔찌는 마치 마법처럼 모든 기다림의 압박과 돈 계산의 스트레스를 단칼에 날려주었다.

이런 과감한 정책은 '공공장소의 예술 체험'에 대한 행정가들의 깊은 이해 없이는 제대로 실현될 수 없다. 내외국인을 가리지 않고 한 달에 한 번은 누구나 이토록 풍요로운 미적 체험을 허락해주는 것은 국민의 세금을 가장 지혜롭게 쓰는 길이 아닐까.

모데르네 피나코테크에서는 현대미술의 걸작들뿐 아니라 의자, 자동차, 전화기, 타자기 등 일상생활 깊숙이 스며든 디자인의 역사까지 한눈에 조망할 수 있다. 또한 이곳에는 케테 콜비츠와 로버트 마더웰, 안젤름 키퍼, 앤디 워홀 등 현대미술의 거장들이 빚어낸 걸작들이 즐비하다. 설치미술과 디자인 관련 작품들도 어마어마하게 많아 오감이 황홀해진다. 노이에 피나코테크에는 놀라운 방이 하나 있다. 고흐와 고갱과 클림트의 걸작들이 모두 모여 있는 방인데, 그 방은 크지도 않고 화려하지도 않아서 더욱 감동적이다. 고흐와 고갱과 클림트의 걸작이 한곳에 모여 있는 것으로도 모자라, 그토록 서로 잘 어울리는 모습으로, 마치 삼중창을 하듯 함께하고 있다. 고흐와 고갱과 클림트의 걸작을 한꺼번에 한국에서 볼 수 있다면 얼마나 좋을까.

뮌헨에서 나는 처음으로 마음의 여유가 무엇인지 머리가 아닌 가슴으로 이해할 수 있었다. '여유를 가져야지' 하고 생각만 하면서 항상 조급하고 갈급하며, 뭔가 결정적인 것이 비어 있는 내 인생을 탓하고 있었던 나. 그런데 첫 번째 뮌헨 여행에서 그토록 감동받고 열심히 찍은 사진을 몽땅, 통째로 삭제하는 치명적인 실수를 저지르고 말았다. '한 장만' 삭제해야 하는데, '모두'를 잘못 누른 것이다. 너무 기가 막혀서 눈물도 나오지 않았지만, 갑자기 나답지 않은 생각이 들었다. "또 오지 뭐! 뮌헨이 좋다면서, 넌 또 올 거잖아." 나는 혼자서 자문자답하며 그렇게 허탈함을 떨쳐냈다. 지금이라면 삭제된 파일을 복구할 방법을 찾았겠지만, 그때는 심각한 기계치였기에 언감생심 파일을 복구할 생각도 못 했다. 그럼에도 불구하고, 그때 처음으로 나답지 않은 내가 좋아졌다. 그때는 오롯이 혼자 여행 중이었기 때문에 내 곁의 다른 사람의 사진으로 아쉬움을 대체할 수도 없었다. 휴대전화는 그저 통화 기능과 메시지 기능밖에 쓰지 않을 때였다.

나는 다짐했다. 사진으로 기억하지 못하는 대신 온몸으로 기억하자. 사진으로 기록하지 못하는 대신 내 온몸에 뮌헨 여행의 아름다움을 새겨넣자. 그렇게 마음먹으니 매 순간이 더 짜릿하고 눈부시게 느껴졌다. 그렇게 나는 실수하고, 넘어지고, 아파하면서도 다시 일어서는 방법을 배웠다. 처음으로, 뭔가를 채우지 못한 결핍이 안타깝기보다는 뭔가를 비워낼 줄 아는 용기가 부족하다는 것을 통렬하게 깨달았다. 지금은 감동적인 순간에는 일부러 사진을 찍지 않고 그 순간에 가만히 머물러보기도 한다. 때로는 사진보다 강렬한 언어를 발견하려 애쓰며, 감동의 그 순간을 오직 문장으로만 기록하기 위해 몸부림치기도 한다. 그렇게 사진을 찍지 않고 그 시공간 속에 오롯이 머물면, 마치 내가 시간이라는 벤치에 걸터앉아 공간이라는 마법을 체험하고 있는 동화 속 주인공이 된 느낌이 든다.

나조차도 알 수 없는 결핍감에 시달렸던 적이 있다. 나에게는 모든 것이 부족하다는 느낌. 아무리 배우고 또 배워도 채워지지 않는 갈망. 영혼의 허기일 수도 있고, 마음의 콤플렉스일 수도 있겠지만, 그 감정에 이름을 붙이기조차 힘든 어떤 강렬한 결핍감이었다. 이해할 수 없는 정신의 허기를 채우기 위해 미친 듯이 여행을 다녔다. 평소에는 열심히 돈을 벌고, 돈이 조금만 모이면 그야말로 배낭 하나 달랑 짊어지고 여행을 떠났다. 그 모든 여행의 시간은 아무리 힘들어도 결코 아깝지 않았다. 가방을 통째로 도둑맞기도 하고 여러 가지 사건, 사고도 많았지만, 여행이 끝난 뒤 사흘만 지나면 '또 떠나고 싶다'는 생각이 고개를 들었다. 그 모든 파란만장한 떠남의 기억들이 내 소중한 추억의 앨범 속에는 '결국 다 아름다운 것'으로 저장되었다.

그때 내 마음에서 어떤 지각변동이 일어난 것 같다. 상품을 소비하는 삶이 아니라 경험을 추구하는 삶을 살고 싶었다. 상품을

알테 피나코테크에서 고흐의 〈해바라기〉를 감상하는 사람들.

소비하는 기쁨은 금세 사라지지만 새로운 장소, 체험, 만남을 위해 쓴 돈은 전혀 아깝지 않다는 것을 배운 것이다. 그때부터 삶의 우선순위가 바뀌었다. 다른 모든 소비를 제치고 '여행'이 가장 중요한 지출 항목이 된 것이다. 틈만 나면 '어떻게 하면 우리 마음을 편안하게 만드는 장소에 더 오래 머물 수 있을까'를 궁리하기 시작했다. 제주도에서도 한 달을 살아보고, 베를린이나 런던에서 한 달 살기도 해보며, 어떤 장소에서든 잘 버텨내는 생존의 기술도 터득하고, 어떤 곳에서든 가장 아름다운 것들을 찾아 듣고 보고 배우는 삶을 살기 시작했다.

그렇게 여행이라는 일상의 비상구를 통해 '사랑하는 장소에 진정으로 거居하는 법'을 배웠다. 내 모든 여행지는 그저 스쳐 지나가는 일시적 도피처가 아니었다. 나는 그 모든 장소의 눈부신 아우라와 향기로운 정취를 온몸으로 받아들이는 길을 궁리하기 시작했다. 어떤 장소를 너무도 사랑한 나머지 그 장소에 서서히 물들어가는 사람, 그 장소를 닮은 향기를 늘 간직한 사람이 되고 싶다.

불안한 현대인을 위한
평온의 장소

이탈리아
코모 호수

최근 심리학 관련 서적의 키워드 중 '우울' 다음으로 자주 보이는 키워드가 바로 '불안'이다. 2022년 통계 자료에 따르면 대한민국에 불안 장애를 앓는 환자가 86만 명을 넘는다는 보도가 있을 정도로, 불안은 일종의 질병으로 자리 잡았다. 불안 장애, 위험 사회, 안전 불감증 등의 단어들에 익숙해진 현대인은 불안을 거의 매일 느끼면서도 그것 또한 '평범한 일상'임을 깨닫는다. 남들도 나만큼 불안하다고, 나만 이토록 불안한 것이 아니라고 스스로를 위로하곤 한다. 《내 몸이 불안을 말한다》의 저자인 정신건강의학과 의사 엘런 보라는 이렇게 말한다. "오늘날 삶의 톤은 불안이다. 불안은 이 시대의 동사이고, 분위기이며, 질감이고, pH다." 우울이 유쾌함이나 행복의 반대편에 있는 감정이라면, 불안은 안정감이나 정돈된 느낌과 반대편의 감정이다. 우울의 위험은 상대적으로 잘 알려져 있지만, 불안은 '병이 아니다'라는 생각 때문에 제대로 돌봐주지 못하는 감정이기도 하다. 우리 마음 깊은 곳의 불안은 몸의 신호를 통해 그 위기를 알려준다. 우리 몸은 불면, 염증,

중독, 소화불량 등의 다양한 신호를 통해 불안이라는 위험신호를 알린다.

나에게 가장 자주 신호를 보내는 불안의 증상은 불면증이다. 불면증을 오래 앓아오면서 '평온'을 상징하는 장소를 찾아다니게 되었는데, 내가 편안함을 느끼는 장소 중 하나가 호수다. 시각적으로는 파도가 일렁이는 드넓은 바다에 매혹되지만, 내 몸이 깊은 안온함을 느끼는 장소는 바로 호수라는 것을 최근에야 깨달았다. 바닷가에서는 내 마음도 파도처럼 격렬하게 요동쳐서 휴식도 노동도 어렵지만, 호수 근처에서는 원고도 잘 써지고 잠도 곧잘 왔다. 호숫가를 산책하고, 호수와 관련된 책을 읽고, 호수를 찍은 사진만 바라봐도 불안한 감정이 가라앉고, 평소보다 일찍 잠들 수 있었다. 《비로소 내 마음의 적정 온도를 찾다》라는 책을 쓰면서 헨리 데이비드 소로가 무려 2년 2개월 동안 가족도 없이 홀로 살았던 월든 호수에 관심이 생겼고, 석촌호수에 자주 산책을 나가면서 '일상 속의 호수 산책'이야말로 내 불안을 잠재우는 바람직한 루틴임을 깨달았다. 이제는 휴가 때도 일부러 아름다운 호수를 찾아다닌다. 힘들 때마다 아름다운 호수를 검색해보면서 잃어버린 평온을 되찾으려 하는 시도 또한 나에게는 도움이 되었다.

그리하여 나에게 호수는 평온, 평화, 안정, 휴식의 상징이 되었다. 그러나 호수를 내 마음의 힐링 스페이스로 생각하면서도 어딘가 해소되지 않는 결핍이 있었다. 호수는 바다처럼 '찬란한 스펙터클'을 제공하지 않았던 것이다. 바다는 우렁차게 포효하고, 드넓게 파도의 나래를 펼치는 화려한 스펙터클로 사람의 마음을

코모 호수의 한없이 너그럽고 평온한 모습.

두근거리게 한다. 그러나 호수는 마치 거대한 거울처럼 우리 자신의 모습을 비춰보게 하는 매력은 있지만 지나치게 조용하고 차분하다. 내 마음은 바다를 갈구하고, 내 몸은 호수를 갈망했다. 기질적으로는 변화무쌍한 바다에 이끌리지만, 건강과 수면을 위해 호수를 찾는 느낌이었다. '바다에 어쩔 수 없이 매혹되는 내 몸'과 '생존을 위해 불가피하게 호수를 찾는 내 마음'의 갈등을 해소할 방법은 없을까. 그런 고민을 하던 중 우연히 발견한 코모 호수는 '바다에 여전히 매혹되는 나'와 '호수에서 비로소 마음의 안정을 찾는 나'를 동시에 만족시킬 수 있는 곳이었다. 코모 호수는 잔잔한 물결과 평화로운 이미지로 '조용한 곳'을 찾는 여행자들을 사로잡는 동시에, 레저와 스포츠 등 다채로운 즐길거리도 많아 '액티브한 여행'을 갈망하는 여행자들도 사로잡는다. 이렇듯 코모 호수는 마치 강과 바다와 호수의 모든 매력을 합쳐놓은 듯한 역동적인 매력을 발산하는 곳이다.

코모 호수는 이탈리아에서 뻗어 나가 스위스까지 이어지는 매우 넓은 지역에 걸쳐져 있다. 호수이지만 강 못지않게 유장하고 장엄하다. 코모 호수에서 배를 타고도 한참 가야 하는 작은 섬들을 향해 소풍을 가는 것도 좋다. 어떤 곳은 해변처럼 거대하게 백사장이 펼쳐져 있어서 물놀이하는 사람들로 북적인다. 또 어떤 곳은 정말 고요하고 잔잔한 물결만 은빛으로 빛나 '윤슬'의 찬란함을 마음껏 만끽할 수 있다. 내가 코모 호수에 방문한 날 밀라노는 섭씨 35도에 육박할 정도로 매우 더운 날씨였는데, 호숫가에만 가면 그 더위가 씻은 듯이 사라졌다.

코모 호수를 다녀온 후로 나는 잠이 오지 않는 날마다 코모 호수의 여행 사진을 펼쳐놓고 나에게 눈부신 열정과 바람직한 평온을 동시에 안겨다 준 코모 호수를 생각한다. 얼마 전 명상에 관한 책을 읽다가 무릎을 치며 박장대소한 적이 있다. 흔히 '구루'라 불리는 위대한 명상의 대가들도 명상이나 피정을 갓 다녀왔을 때는 매우 침착하고 평온한 상태이지만, 바쁜 일상에 치이고, 가족에게 들볶이고, 온갖 일에 대한 스트레스가 쌓이면 다시 명상 이전의 상태로 되돌아가 '엉망진창인 감정 상태'에 괴로워한다는 내용이었다. 조금만 '마음챙김의 시선'을 게을리하면, 조금만 스승의 가르침을 등한시하면, 금방 그 위대한 명상의 깨달음을 깡그리 잃어버릴 수도 있다. 뛰어난 명상의 대가들도 이런 고백을 할 정도니, 매일 대도시 속에서 복작인 채 살아가며 온갖 복잡한 일들에 스트레스를 받는 우리가 자꾸만 마음의 끈을 놓치게 되는 것도 당연하지 않은가. 코모 호수의 정경이 담긴 추억의 사진을 바라보며 나는 힘들 때 마음을 기댈 장소가 하나 더 생겼다는 것만으로도 뿌듯해졌다.

얼마 전에는 피아니스트 백혜선의 《나는 좌절의 스페셜리스트입니다》를 읽으며 커다란 위로를 받았다. 이 책에서 피아니스트 백혜선은 자신의 대단한 업적이나 최고의 전성기 시절을 자랑하지 않는다. 가장 힘들었던 순간들 속에서 어떻게 버텨냈는지, 좌절 속에서 진정으로 배운 것은 무엇인지 이야기한다. 그녀가 피아노 연습을 하다가 뭔가 막힌다 싶을 때는 자녀들이 귀신같이 알아본다고 한다. "엄마, 백혜선 소리가 안 나." "엄마, 선생님 찾아갈 때가 된 거 아닌가요?" 그래서 그녀가 중학교 시절 때부터 항상 조언을 받던 스승을 찾아가 면담하고, 혼쭐도 나고, 그때그때 필요한 구체적인 가르침을 얻어 다시 돌아오면 자녀들이 이렇게 응수한다고 한다. "엄마, 이제야 백혜선 소리가 나네." 서울대학교 음대 사상 최연소의 나이로 교수가 되었고, 한국 국적으로서는 처음으로 차이콥스키 콩쿠르에서 상위에 입상했던 백혜선 피아니스트도 이렇게 지금까지 스승으로부터 가르침을 받는다는 것이 참으로 신선한 충격이었다. 배움이란 끝이 없다는 것, 스승에게 묻고, 따끔하게 혼도 나고, 언제든 가르침을 받는 것은 아무리 나이가 들어도 결코 닳아 없어지지 않는 마음챙김의 기술이 아닐까.

피아노 앞에 앉은 시간이 무려 50년이 넘은 위대한 피아니스트도 이런데, 나는 아직 멀었다는 생각이 든다. 그래서 스스로를 다독이게 된다. 나는 아직 멀었으니, 너무 불안해하지 말자고. 가야 할 길은 멀고, 비축해둔 몸과 마음의 에너지도 자주 고갈되어가지만, 그저 불안해하기만 하는 것은 아무 도움이 되지 않는다고. 끊임없이 배우고, 나를 새롭게 하고, 과거의 내가 알았던 지식으로 현재의 당면한 과제를 대충 모면해보려는 잔꾀는 아예 거들떠보지도 말자고. 답답할 정도의 우직함과 아무런 기교 없는 성실함, 그럼에도 '어제보다는 한 걸음 더 나아간 나'를 위해 애써온 순수한 배움의 시간만이 나를 구원할 수 있다.

저 아름다운 코모 호수도 그렇지 않을까. 반짝이는 윤슬을 가득 머금은 코모 호수의 물은 어제와 같은 장소를 흘러가는 것처럼 보이지만 오늘 흐르는 물은 어제의 물이 아니며, 장소 또한 어제와 조금 달라진 풍경을 보여주고 있을 것이다. 우리가 '똑같아 보인다'고 생각하는 것들이 실은 매우 다르다. 지금은 지리멸렬해 보이고, 목적지는 한참 멀어 보이고, 완성은커녕 생존 자체가 어려운 것 같은 나의 작은 재능조차도, 매일매일 유장하게 흘러가는 호숫가의 물결처럼 매일 새로워지고 매일 끊임없이 흘러가다 보면 언젠가는 드넓은 강이나 바다의 흐름과 합쳐져 자신만의 장엄한 물줄기를 만나게 될 것이다. 당신의 아름다움도 그렇다. 당신의 노력도 그렇다. 당신의 꿈도 그럴 것이다. 당신의 희망과 성실과 열정의 물결로 한 걸음씩 다듬어나간 당신의 꿈은 언젠가 찬란한 윤슬이 되어 꿈의 날개를 타고 비상할 것이다.

작품과 관객이 하나가 되는
빛의 채석장

프랑스
레보 드 프로방스

너무 가까이 다가가지 말기, 절대로 만지지 말기, 무조건 조용히
하기. 이렇듯 미술작품을 감상하는 데는 필연적으로 어떤 조심스
러움이 필요하다. 미술관에 들어가기 전에는 소지품 검사를 하는
곳도 많고 백팩은 반드시 사물함에 맡기라고 요구하는 곳도 있으
며 작품 사진을 찍지 못하는 곳도 많다. 그런데 가끔 이런 조심스
러움을 확 벗어던지고 싶어질 때가 있다. 작품의 아름다움을 온
몸으로 꾸밈없이 느끼고 싶을 때. 복잡한 에티켓을 잠시 잊고 그
저 작품 속으로 온전히 빨려 들어가고 싶을 때. 그럴 때 나는 '빛
의 채석장'을 떠올린다. 나에게 미술을 말 그대로 '오감으로' 느낄
수 있는 생생한 체험의 기쁨을 알려준 곳이다. '빛의 채석장'에서
는 그림이 천장 위에서도, 바닥 위에서도 '상영'되기에 관객은 자
신도 모르게 그림을 만질 수도 있다. 이 작품들은 실제 그림이 아
니라 벽에 투사된 이미지라서 관객들은 그림을 향해 마음껏 손을
뻗어 친밀감을 표현할 수 있는 것이다.

　아무 데나 주저앉아서 영화처럼 그림을 감상해도 되는 이곳은

공간을 가득 채우는 웅장한 음악 소리에 묻혀 웬만한 속삭임은 타인에게 들리지 않는다. 심지어 작품 위를 성큼성큼 걸어가도 되고, 작품 속에서 남몰래 살짝 춤을 춰도 되는 그런 자유로운 미술관. 아이맥스 영화관 같기도 하고 초대형 미술관 같기도 한데, 극장처럼 어둡지도 않고 미술관처럼 조용하지도 않아서 흥미로운 곳이다. 관객이 미술작품의 퍼포먼스에 능동적으로 참여하는 느낌을 주는 '빛의 채석장'에는 원작을 직접 관람하진 못하지만 작품을 뛰어난 화질과 엄청난 사이즈로 확대해서 볼 수 있는 즐거움이 있다. 게다가 전 세계에 흩어져 있는 화가의 작품을 한 장소에서 몰아 보는 기쁨도 쏠쏠하다. 한 화가의 작품을 마치 자서전처럼 연대별로 한꺼번에 볼 수 있는 배움의 기쁨도 함께한다. '빛의 채석장'에서 미술과 음악은 서로를 방해하지 않고 오히려 서로의 아름다움을 증폭시킨다. 미술은 음악으로 인해 더욱 커다란 울림으로 관객에게 말을 걸고, 도란도란 이야기를 나누는 관객의 목소리도 음악에 파묻혀 더 이상 타인에게 방해가 되지 않는다.

미술과 여타 예술의 콜라보레이션은 관객에게 커다란 기쁨을 준다. 언젠가 유튜브에서 첼리스트 요요마가 연주하는 〈백조의 호수〉에 맞추어 홀로 춤을 추는 댄서를 본 적이 있는데 그 모습이 눈부시게 아름다웠다. 모네의 〈수련〉을 파노라마처럼 감상할 수 있는 파리의 오랑주리 미술관에서는 무용수가 그림 앞에서 한 시간 동안 춤을 추는 공연이 벌어지기도 했다. 이런 멋진 퍼포먼스는 한국에서도 얼마든지 가능하다. 백남준의 〈다다익선〉 앞에서

'빛의 채석장' 전시는 아를의 빛나는 밤 속으로 직접 걸어가는 듯한 행복한 착시를 선물하기도 한다.

멋진 오케스트라 공연을 해도 좋을 것 같고, 김환기의 그림 앞에서 현악사중주나 무언극을 관람해도 멋지지 않겠는가.

　무엇보다도 작품 앞에 관객이 서 있을 때 오히려 더 아름답게 느껴진다는 것이 '빛의 채석장'의 또 다른 묘미다. 보통 미술관에서는 내 차례가 오기까지, 다른 관객이 그림을 다 볼 때까지 인내심을 갖고 기다려야만 그림을 아주 가까이서 볼 수 있다. 그런데 '빛의 채석장'에서는 어떤 후미진 공간에서도 그림이 시원하게 보이기 때문에 키 큰 앞사람의 머리에 가려 그림이 안 보이는 일은 없다. 마치 사방에서 무한히 터지는 불꽃놀이처럼, 고흐의 〈별이 빛나는 밤에〉가 천장과 바닥과 사면을 꽉 채울 때, 고흐의 별빛 속을 걸어가는 관객의 모습은 더욱 애잔한 감동을 준다. 고흐는 하늘 위에서 신명 나게 붓을 놀려 별빛을 뿜어대고, 우리는 그 별빛을 머리 위에 한가득 맞으며 춤을 추는 기분이다. 기존의 미술관에서는 텅 빈 공간을 그림이 채우고 있는데, 빛의 채석장에서는 그림 자체가 어엿한 공간이 된다.

　왜 우리는 아무리 아름다운 장소에 가도, '더 아름다운 장소'를 찾고 싶어 하는 것일까. 경제학자 헨리 조지의 말처럼, 정말 인간은 욕망이 충족될수록 더 큰 욕망을 갖고자 하는 유일한 동물이기 때문일까. 그런데 더 큰 욕망을 갖는 일이 꼭 나쁜 일만은 아니다. 더 아름다운 장소를 '발견'하고 싶은 열망 속에는 더 아름다운 장소를 '창조'하고 싶은 꿈도 함께 깃들기 때문이다. 아름다운 장소들을 자꾸만 바라보면, 언젠가는 아름다운 장소를 내 손으로 가꾸고 싶다는 꿈도 자라난다. 스페인 빌바오의 구겐하임 미술관은 전 세계 건축가들에게 눈부신 영감을 선물했다. 쇠락한 공업 도시였던 빌바오는 구겐하임 미술관이라는 기념비적인 건축물로 인해 단 하나의 아름다운 장소만으로도 도시의 운명을 바꿀 수 있음을 온몸으로 증명한 것이다. 그처럼 '빛의 채석장'도 '인구 절벽'을 향해 치닫던 레보 드 프로방스의 운명을 바꾸었다. '빛의 채석장'은 구겐하임 미술관처럼 엄청난 건축비를 필요로 하지 않았기에 더욱 획기적인 발상의 전환이었다.

아름다운 공간을 원하고 또 원하다 보면 어느 순간 그 원하는 꿈을 향해 한 걸음 더 나아가 있는 자신을 발견하게 된다. '빛의 채석장'은 예술가들의 꿈을 이루어주는 공간, 미술을 사랑하지만 매번 머나먼 나라의 거대한 미술관에 가서 원작을 볼 수 없는 사람들에게 꿈을 이루어주는 공간이다. 원화를 모방한 가상의 이미지에 그치는 것이 아니라 음악과 관객의 움직임과 그림의 스토리텔링이 더해지면서 이곳 자체가 또 하나의 치유적 장소가 된다. '빛의 채석장'에서는 누구나 고흐의 그림 속으로 들어가 그의 친구가 되고, 모네의 수련이 가득한 연못 위에 배를 띄워 평화롭게 노 저어가는 모네의 친구가 될 수 있다. '빛의 채석장'이 아름다운 이유는 채석장 위에 아름다운 영상을 '덧입히기' 때문만은 아니었다. 채산성이 없다는 이유로 버려질 뻔한 장소에 '예술의 빛'을 비춤으로써 그곳의 바위들 하나하나가 지닌 '결'과 '무늬'가 비로소 보이기 시작했기 때문이다. 예술이라는 빛이 거대한 돌들을 비추자 하나하나의 돌들이 지닌 결과 무늬가 저마다의 독특한 아름다움으로 새삼 자신의 존재를 드러내기 시작했던 것이다. 돌들에 비친 그림만이 아름다운 것이 아니었다. 돌들 자체가 아름다웠다. '빛의 채석장'은 첨단형 미디어아트이기 이전에 원초적 대지의 예술이 아니었을까. 자연 속의 대지는 우리에게 매일 풍요로운 아름다움을 선물하는데, 우리는 그 대지의 빛을 잿빛 콘크리트 건물로 가리는 대도시 속에서 야생의 빛을 잃은 채 살아가고 있는 건 아닐까.

나는 음악과 영상이 어우러져 고흐가 거대한 채석장의 바위들 속에서 새로운 스토리텔링으로 다시 태어나는 과정을 숨 막히는 감동의 눈길로 바라보았다. 그러자 고흐의 그림들이 평소보다 더 아름다워 보일 뿐 아니라 채석장의 돌들 자체가 고흐의 그림으로 인해 더 이상 '그저 평범한 바위'가 아니라 '세상에서 가장 특별한 캔버스'로 보이기 시작했다. 경제적 효율성을 잃어버린 장소, 버려진 채석장이 미술작품의 아름다움과 예술가의 삶이라는 스토리텔링과 첨단과학의 힘으로 새롭게 태어남으로써 지역 경제 전체를 살려냈다.

이런 공간에서는 관객이 '나는 미술에 문외한이야'라는 생각 때문에 소외되지 않는다. 마치 영화를 보듯 편안하게 미술을 관람할 수 있다. 이곳에서는 작품과 관객 사이의 머나먼 거리가 좁혀지고, 전문적 비평가와 아마추어 관람객 사이의 경계가 허물어진다. 관객이 직접 참여할 수 있는 예술의 아름다움은 바로 이런 것이었다. 아이들이 〈밀밭을 나는 까마귀〉 속으로 뛰어가도, 그것이 그림 감상에 방해가 되지 않고 오히려 또 하나의 새로운 작품처럼 보인다. 〈밀밭을 나는 까마귀〉 밑으로 뛰어가는 아이 자체가 또 하나의 작품이 되는 것이다. 고흐는 거대한 우주의 캔버스 위에서 우리가 살아가는 공간을 마치 페인트칠하듯 그려주고, 사람들은 고흐가 창조해낸 거대한 예술의 공간 속에서 웃고, 울고, 뛰고, 거닐고, 춤추며 작품 '안쪽'의 공간을 살아가는 거주민이 된다. '빛의 채석장'에서 고흐는 화가를 뛰어넘어 건축가나 인테리어 디자이너가 되어 우리가 살아가는 공간을 새롭게 재창조한다. 그리고 관객은 그림 '밖에서' 그림을 감상만 하는 것이 아니라 그림 '안에서' 그림과 함께 숨 쉬는, 적극적인 미의 창조자가 된다. 그림 위에 서 있고, 그림 옆에 기대고, 그림 속으로 걸어가고, 그림 아래로 뛰어감으로써, 그림은 때로는 거대한 벤치가 되고, 때로는 천장이 되고, 마침내 그림 자체가 거대한 장소가 되어 관객의 마음속에서 찬란하게 물결친다.

새로운 천 년을 향한
눈부신 도약

2023년 새해를 맞으며 유난히 그리운 공간은 런던의 밀레니엄브리지였다. '새것'의 권력이 '옛것'의 소중함을 너무 쉽게 앗아가버리는 세상에서, 나는 언제나 새것보다는 옛것에 애착을 느끼는 사람이다. 여전히 나는 트렌드보다는 노스탤지어에 이끌린다. 그러나 런던의 밀레니엄브리지는 예외였다. 나는 런던의 다른 오래된 건축물 못지않게 새로운 건축물인 밀레니엄브리지가 좋다. 밀레니엄브리지는 예스러운 런던과 새로운 런던을 연결해주는 시간의 다리다. 그곳을 지날 때마다 나는 낡은 과거의 껍질을 벗고 새로운 삶을 향해 나아가는 느낌이었다. 그러면서도 옛것과 여전히 자연스럽게 연결되어 있는 듯한 감각이 좋았다. 새것이 옛것과 불화하지 않고 오히려 서로에게 더욱 조화로운 버팀목이 되어주는 듯한 공간이 바로 이곳이다. 런던은 웨스트민스터 사원처럼 오래된 장소와 테이트모던 미술관처럼 새로운 장소가 기묘하게 잘 어우러지는 도시다. 그 옛것과 새것의 상징적인 연결을 가능하게 해주는 건축물이 바로 밀레니엄브리지다.

물론 밀레니엄브리지에서는 사람이 살 수도 없고, 너무 덥거나 추울 때는 오래 서 있기도 힘들다. 런던에 사는 사람들에게는 이곳이 '오래 머무는 공간'이기보다는 '잠깐 지나가는 공간'일 것이다. 집처럼 오래 머물 수도, 공원 벤치처럼 편안하게 휴식을 취할 수도 없지만, 나에게 밀레니엄브리지는 추억의 공간이자 대화의 공간이다. 나는 이곳에서 런던을 하염없이 바라보았고, 함께 여행을 떠난 사람들과 시간 가는 줄 모르고 대화를 나누었다. 걸으면서도 다음 목적지를 굳이 떠올리지 않았기에 차분히 쉬어가는 느낌이었고, 가만히 서 있을 때조차도 어딘가에 멈춰 있다는 생각이 들지 않았다. 밀레니엄브리지는 마치 템스강 위에 떠 있는 거대한 배 같기도 했고, 세인트폴 대성당과 같은 고풍스러운 공간에서 테이트모던 미술관처럼 매번 새롭게 다시 태어나는 공간으로 이동하는 타임머신 같기도 했다.

밀레니엄브리지를 사랑하는 내 마음 깊은 곳을 들여다보니 학창 시절의 기억이 숨어 있었다. 학창 시절 나는 '사람들이 그저 스쳐 지나가는 공간'을 좋아했다. 음악 감상실이나 여학생 휴게실처럼 조용히 나만의 시간을 가질 수 있는 공간도 좋았지만, 내심 더 좋아한 공간은 사람들과 함께하면서도 동시에 혼자의 시간을 누릴 수 있는 공동 공간이었다. 대학을 다닐 때 나는 '해방터'라 불리는 인문대 광장에서 벤치에 앉아 있는 시간, 시멘트 계단에 앉아 있는 시간을 좋아했다. 광장의 계단이나 벤치에 앉아 책을 읽고 있으면 누군가 꼭 내 이름을 불러주었다. 그곳은 말 그대로 누구나 지나가는 공간이었기에, 바삐 뛰어서 수업을 들으러 가는

런던을 가로지르는 밀레니엄브리지의 장엄한 이미지.

선후배들이 나에게 말을 걸어주었던 것이다. 사람들은 다 바쁘게 움직이는데 나만 혼자 멈춰 있는 듯한 그 기묘하게 정체된 느낌을 나는 사랑했다. 타인과 함께하면서도 동시에 나 홀로 있을 수 있는 곳. 그곳에 있으면 지나가는 사람들은 가던 길을 기꺼이 멈추고 나와 오래오래 이야기해주기도 했고, 내 안부를 걱정하며 무슨 일 있냐고 물어주기도 했고, 심지어 내가 잃어버린 수첩이나 학생증을 갖다주기도 했다. 나는 우리 과 앞 작은 벤치를 '빨랫줄'이라 불렀는데, 어느 순간 친구들도 나를 따라 그렇게 불렀다. 그 벤치 앞에 앉아 있으면 나는 빨랫줄에 널려 바람에 나부끼는 오색 빛깔 빨래가 된 느낌이었기에. 그 느낌이 참 좋았다. 나는 세상의 속도를 따라가지 못하고, 조금 뒤처지는 듯한 내 모습을 사랑했던 것이다. 굳이 무엇을 열심히 하지 않아도 좋은 공간, 용도가 정해져 있지 않은 공간, 사람과 사람, 공간과 공간 사이에 있는 틈새야말로 내가 진정한 안식을 느끼는 공간이었다.

밀레니엄브리지는 나에게 그런 휴식의 공간, 사이의 공간을 만들어주었다. 어디로 가야 한다는 목표로부터 자유로운 곳. 스케줄을 위해 빨리 이동해야 한다는 압박감, 공부를 하거나 일을 해야 한다는 강박으로부터 자유로운 곳. 산책이나 담소처럼 전혀 생산적으로 보이지 않는 몸짓조차도 그곳에 있으면 아름답고 가치 있는 일이 되는 그런 곳이 좋다. 또한 어떤 실용적 목표가 뚜렷하게 정해진 장소가 아닌, 사람들이 어떻게 활용하느냐에 따라 전혀 다른 공간이 될 수도 있는 그런 열린 공간이 좋다. 밀레니엄 브리지에서 기타를 치며 버스킹을 하면 그곳은 바로 공연장이 되

테이트모던 미술관 전망대에서 바라본 밀레니엄브리지.

고, 그곳에서 누군가 연설을 한다면 다리 자체가 거대한 광장이 될 수도 있다. 스쳐 갈 것인가, 머물 것인가. 그것은 각자의 선택이기에 누구도 방해받지 않는 자유로운 공간이 된다. 전 세계에서 몰려드는 각양각색의 사람들을 언제든지 볼 수 있는 곳, 입장료 또한 없는 곳이 바로 밀레니엄브리지인 것이다.

이곳은 나의 멘토 황광수 선생님과의 추억이 서려 있는 곳이기도 하다. 선생님과 나, 이승원 사진작가는 밀레니엄브리지에서 오랫동안 산책하며 이야기를 나누었다. 우리는 밀레니엄브리지에서 시간의 흐름을 잊었다. 템스강 위로 뭉게뭉게 구름이 피어오르는 것을 한참 바라보며, 그저 그 광경을 바라보는 것만으로도 살아 있음의 기쁨을 느꼈다. 낮에는 유서 깊은 셰익스피어 글로브 극장에서 연극 〈클레오파트라〉를 보았고, 저녁 무렵에는 테이트모던 미술관에서 최첨단의 유행을 이끌어가는 전시를 관람했다. 밀레니엄브리지를 사이에 두고 하루에도 몇 번씩 과거와 미래를 여행하는 느낌이었다.

오래전 밀레니엄브리지를 걷다가 한 소년을 보았다. 여덟 살이나 아홉 살쯤으로 보이는 깡마른 소년이 어린 동생을 업고 걸어가고 있었다. 주변에 어른이 보이지 않았다. 아이가 아이를 업고 가고 있었다. 가슴이 저렸다. 소년의 야윈 다리 때문에 더욱 가슴이 시려왔다. 두 아이 모두에게 더 따스한 보살핌이 필요해 보였다. 그 아이를 하염없이 바라보다가 갑자기 깨달았다. 나는 '가족'이라는 굴레에서 벗어나기 위해 여행을 떠나왔다는 것을. 그런데 그 아이는 가족을 굴레나 짐으로 생각하는 것 같지 않았다.

내가 여행을 떠났던 것은 온갖 짐과 굴레로부터 자유롭기 위해 서였는데. 짐보다 더 무겁고 짐보다 더 아픈 자신의 운명을 짊어 지고 걸어가는 또 다른 아이를 만난 것이다. 그 아이가 나 같아 서, 아니 나보다 더 어른스러운 것 같아서, 내 자신이 부끄러워 졌다. 자신도 보살핌이 필요한 어린아이면서도 자신보다 더 어 린 동생을 업고 가며 활짝 웃는 소년이라니. 소년은 아무런 불평 없이 자신의 운명을 등에 짊어진 채 씩씩하게 밀레니엄브리지를 걸어가고 있었다. 그 아이의 환한 미소 때문에 오히려 내 눈에는 눈물이 맺혔다.

2022년에는 소중한 존재들을 너무 많이 잃어버려서, 내내 마 음 아픈 시간을 보냈다. 그런데 내가 할 수 있는 일이 별로 없다는 생각에 더욱 가슴 아팠다. 무력감이라는 장애물 앞에서 나는 속 수무책이었다. 2022년에 배운 것은 어떤 우울과 슬픔보다도 무서 운 감정은 '무력감'이라는 사실이었다. 소중한 존재들을 잃어버 릴 때마다 아무것도 제대로 해낼 수 없는 나의 무력감을 만나곤 했다. 2023년에는 무력감에 지지 않는 내가 되고 싶다. 더글러스 멀록의 시 〈누구나 살아서 할 일은 있다〉에서처럼, 언덕 위의 소 나무가 될 수 없다면 한 포기 풀이 되고, 고속도로가 될 수 없다면 오솔길이 되고, 태양이 될 수 없다면 별이 되고 싶다. 나의 자리에 서 최선을 다하며 더 많은 사람들과 연대하고 싶다. 그곳이 어디 든, 내가 머무는 나의 자리에서 최고의 빛을 이끌어내는 삶을 꿈 꾼다. 더 많은 사람들과 삶의 온기와 희망을 나눌 수 있는 우리 안 의 또 다른 밀레니엄브리지를 창조하고 싶다.

밀레니엄브리지 전경. 흑백으로 바라보면 더욱 아름다워 보인다.

베를린 노이에바헤에 있는 케테 콜비츠의 피에타. 전쟁에서 자식을 잃은 모든
부모의 상처 입은 마음을 끌어안는 듯 처절한 아픔으로 눈길을 사로잡는다.

한 달쯤 살아보면
더 좋은 도시

독일
베를린

언제부턴가 '욜로족'이라든지 '휘게 라이프'라는 용어가 자주 들린다. 욜로Yolo란 한 번뿐인 당신의 삶You only live once을 가리키고, 덴마크어로 웰빙을 뜻하는 휘게Hygge는 무언가 아늑하게 감싸주는 듯한 행복감 또는 성취감보다는 느릿느릿하고 소박한 만족감을 가리킨다. '더 빨리, 더 많이, 더 높이'를 외치던 행복의 기준점이 이제 '더 느리게, 더 적게, 더 느슨하게'로 바뀌어가고 있는 것이다. 욜로와 휘게는 일맥상통한다. '한 번뿐인 삶'이니 굳이 아등바등하며 성취에 집착하지 말고, 먼 훗날의 막연한 행복이 아니라 바로 지금 이 순간 나 자신으로부터 시작하는 작은 행복을 만들어가자는 뜻으로 들린다. 아기자기한 북유럽풍 인테리어 소품을 방 안에 가득 채워놓음으로써 느끼는 행복이 아니라, 명품이나 유행하는 물건이 전혀 없어도 지금 바로 여기에서 내 마음을 편안하게 해주는 최소한의 요소들만으로도 행복해질 수 있다는 것이다. 성공과 출세를 위해 청춘을 반납하고 앞만 보고 달려가는 삶이 아니라, 불완전한 삶의 휘청거림을 있는 그대로 받

293

아들이는 삶의 태도, 업무의 결과물이나 성취감에 집착하는 것이 아니라 삶의 마디마디를 한 올 한 올 즐기고 곱씹어볼 수 있는 마음의 여유를 가질 때 느낄 수 있는 행복감, 그것이 바로 '휘게'가 아닐까.

이제 와 돌이켜 생각해보면 내게 '휘게 라이프'를 나도 모르게 실천하도록 만들었던 도시가 바로 베를린이었다. 베를린에서 나는 한 번도 서두르거나 긴장하거나 허둥대지 않았다. 느릿느릿, 어슬렁어슬렁, 이런 한가로운 의태어가 의외로 잘 어울리는 도시가 바로 베를린이었다. 당시에는 직항이 없어 네덜란드 스키폴 공항을 경유하여 도착한 베를린 공항에서 나는 그 한산함과 여유로움에 오히려 당황했다. 여기가 과연 국제공항이 맞나 싶었다. 런던이나 뉴욕의 공항에서 겪는 까다로운 입국 수속에 비하면 베를린의 공항은 그야말로 심플하기 이를 데 없었다. 그렇게 한결 가벼운 마음으로 시작된 나의 베를린 여행은 시작부터 끝까지 그야말로 여유롭고 편안했다. 베를린도 런던이나 뉴욕처럼 분명 대도시인데 전혀 복잡하거나 바쁘거나 빡빡하게 느껴지지 않았다.

물론 베를린을 '며칠 안에 다 훑어보자'라는 야심 찬 계획이 없기 때문이기도 했다. 나는 몇 다리 건너 알게 된 독일 유학생의 하숙집을 빌려 무려 5주나 베를린에 머물기로 했다. 무거운 짐을 끌고 숙소를 계속 옮겨 다니는 여행에 지쳐, 일단 베를린의 저렴한 하숙집에 베이스캠프를 두고 주말마다 다른 도시로 나들이를 다녀오는 여행 방식을 택했다. 우선 '베를린 박물관 투어'를 먼저 해보기로 했다. 첫 유럽 여행 때 급하게 단체 여행으로 다녀온 터라 '조금 더 천천히 구경하고 싶은데'라는 아쉬움을 가득 남긴 곳, 바로 베를린의 '박물관 섬'이었다. 박물관 섬은 동서양의 고대 유적이 가득한 페르가몬 박물관, 박물관 건축 자체가 그리스 양식으로 지어진 구박물관, 고색창연한 이집트 유물로 가득한 신박물관, 서양 회화의 걸작들이 모여 있는 국립회화관, 비잔틴미술의 절정기를 감상해볼 수 있는 보데 미술관이 한꺼번에 모여 있는 곳이다.

베를린의 운터 덴 린덴 지역에 있는 박물관 섬의 하이라이트는 페르가몬 박물관이다. 중앙 홀의 거대한 신전과 페르시아 유적은 세계의 다른 어떤 박물관에서도 볼 수 없는 압도적인 스펙터클을 연출한다. 페르가몬 박물관의 그리스 신전 계단에 앉아 생각에 잠기면 5분도 채 되지 않아 수천 년 전의 신화적 시간 속으로 들어가는 타임머신을 탄 듯한 환상을 생생하게 느낄 수가 있다. 박물관 섬의 또 다른 하이라이트는 클레오파트라 못지않게 이집트 최고의 권력을 휘둘렀던 왕비, 네페르티티의 흉상이다. 베를린 신박물관에 들어가면 사람들이 마치 루브르 박물관에서 모나리자를 보러 달려가듯이 네페르티티 흉상을 향해 직진한다.

베를린 최고의 역사적 기념물은 브란덴부르크 문이다. 건축가 카를 랑하우스가 그리스의 아테네 신전을 본떠 만들었지만 단순한 모방에 그치지 않고 거리의 탁 트인 전망과 자연스럽게 어우러져 베를린의 둘도 없는 상징물이 되었다. 브란덴부르크 문은 한때 분열된 독일의 상처를 간직한 아픈 상징물이기도 하다. 과

아이들은 베를린 홀로코스트 위령비 사이를 뛰어다니며
천진무구한 놀이의 시간을 보내고 있다.

거에는 프로이센의 영광스런 승리의 역사를 상징하던 브란덴부르크 문이 독일의 분열 당시에는 서베를린과 동베를린을 나누는 경계가 되었던 것이다. 브란덴부르크 문은 프로이센 제국의 승리의 상징에서 분열된 독일의 상징을 거쳐 이제는 통합과 평화의 상징으로 거듭났다. 사실 이런 역사적 의미만큼이나 눈길을 끄는 것은 이 주변에 몰려드는 온갖 사람들의 다채로운 사람살이의 풍경이다. 인력거를 끄는 사람, 쌍두마차를 타는 사람, 온몸에 페인트를 칠하고 행위예술을 하며 여행자들과 사진을 찍는 사람, 서커스를 하는 사람 등 수많은 군상이 만화경처럼 펼쳐지는 브란덴부르크 광장은 언제 봐도 질리지 않는 풍경을 펼쳐 보여준다.

베를린에 갈 때마다 꼭 방문하게 되는 곳이 바로 홀로코스트 추모비다. 이 추모비의 정식 명칭은 '살해당한 유럽의 유대인 추모비'이다. 거대한 추모비 아래로 이어지는 지하 계단 저편에는 유대인 학살의 역사를 반성하는 박물관이 이어져 있다. 석관들의 높이는 저마다 다른데 어떤 석관들은 여러 사람이 삼삼오오 모여 앉아 토론해도 좋을 만큼 나지막하다. 장엄한 풍경을 바라보며 역사의 트라우마를 성찰하고 토론하는 시간을 가질 수 있도록. 철없는 아이들은 이 슬픈 상징물의 의미를 모르는지 징검다리 건너듯 석관에서 석관으로 폴짝폴짝 뛰어다니지만, 언젠가 저 아이들도 알게 되지 않을까. 베를린의 최고 알짜배기 땅에 일부 시민들의 반대를 무릅쓰고 독일인의 뼈아픈 역사적 상처를 추모하는 거대한 공간이 들어선 이유를.

굳이 아무것도 하지 않아도 '여기가 바로 베를린이구나' 싶은 느낌을 강렬하게 전해주는 곳이 바로 포츠담 광장이다. 한쪽에선 각종 집회가 열리고 있고, 한쪽에선 옛 동독의 가상 스탬프를 여권에 찍어주는 퍼포먼스가 일어나는 곳. 이제는 사라진 나라 동독의 여권 스탬프를 찍어주며 '1유로'를 받는 동독 군인 복장의 배우들이 무너진 베를린 장벽의 한 귀퉁이를 떼어낸 조형물 아래서 환하게 웃고 있었다. 어느 나라 사람이 무슨 표어를 들고 있어도 자연스러워 보이는 곳이다. 독일 분단 당시에는 쇠락한 광장이었지만 지금은 파리의 퐁피두센터로 유명한 렌조 피아노의 혁신적인 건축디자인으로 완전히 탈바꿈한 베를린의 최고 랜드마크가 되었다. 이제는 온갖 예술가들이 자신의 재능을 시험하는 '거리의 미술관'으로 탈바꿈한 옛 베를린 장벽도 베를린에서 빠뜨릴 수 없는 관광지로 자리 잡았다.

물론 이런 거대한 랜드마크도 좋지만, 유명한 장소는 아니더라도 베를린에는 내 마음의 랜드마크가 세 곳이나 있다. 아무리 정신없는 대도시라도 대자연의 위대한 숨결을 담아낼 수 있음을 증언하는 아름다운 공원 틸파크, 내가 머물렀던 베를린 북쪽 외곽의 작은 마을 말로우, 그리고 브레히트의 묘지다. 베를린 자유대학 근처의 틸파크에는 관광객보다 현지인들이 많다. 베를린 사람들이 어떻게 자연과 벗하며 살아가는지를 느낄 수 있는 곳으로 공원이라는 느낌보다 '숲'이라는 느낌이 더 강하다. 공원으로 들어가는 순간, 드넓게 펼쳐지는 거대한 숲의 청신한 에너지를 느낄 수 있고, 거울처럼 맑은 호수에 충동적으로 뛰어들어 수영을 즐기는 사람들도 많다. 말로우는 분명 행정구역상 베를린인데도 대도시의 느낌이 전혀 들지 않고 그림 같은 전원주택들과 울창한 숲, 게다가 조랑말들이 뛰어노는 목장까지 펼쳐져 있는 신기한 곳이다. 나는 매일 베를린 시내에서 이곳저곳 쏘다니다가 밤이 되면 마치 한적한 시골길 같은 말로우의 하숙집으로 돌아오며 깊은 안도감을 느꼈다. 브레히트의 묘지는 베를린 미테 구역에 위치해 있다. 베를린에서 '이제 중요한 곳들은 다 봤다'고 느꼈을 때쯤, 지도 한구석에 정말 조그맣게 브레히트 묘지가 보였다. 위대한 극작가의 묘지라 화려한 묘비나 떠들썩한 꽃다발의 행렬을 상상했지만, '베르톨트 브레히트'만 적혀 있는 비석만이 너무나도 검소하고 소박하게 서 있었다. 아내와 함께 영면한 브레히트는 이렇게 속삭이는 것 같았다. "무덤의 화려한 장식이 뭐 그리 중요하겠소. 당신이 머나먼 한국에서 여기까지 찾아와주니 나는 그저 반갑소."

베를린에서 내가 '휘게 라이프'의 행복을 느낄 수 있었던 이유는 '빨리빨리'의 습관을 자연스럽게 버릴 수 있었기 때문이다. 복잡하게 돌아가는 듯 보이는 대도시에서도 그런 느릿느릿한 삶이 가능하다는 것을 나는 베를린에 머물면서 배울 수 있었다. '휘게' 라는 느리고 여유로운 행복의 의미를 나는 제대로 느껴본 적이 없었는데, 베를린에 있는 동안 나는 나도 모르게 휘게 라이프를 실천하고 있었다. '이 도시를 며칠 안에 다 봐야 한다'는 의무감이 전혀 없었기 때문이다. '오늘 못 보면 내일 보면 되고, 내일 못 보면 다음 주에 봐도 된다'는 생각으로 천천히 산책하듯 여행을 할 수 있었다. 베를린을 그리워하는 내 마음에는 단지 장소 자체에

베를린의 거리 풍경. 거대한 건물들도 많지만
거리 곳곳에 공원과 나무와 벤치가 있어 언제든 편히 쉴 수 있다.

대한 매혹을 넘어 '그때 그곳에 마치 동네 주민처럼 살았던 나 자신'에 대한 애착이 묻어 있음을 알게 되었다. '휘게'의 핵심은 물질적인 넉넉함이 아니라 마음의 넉넉함이다. 무엇이 반드시 있어야만 느끼는 행복이 아니라 무엇이 없어도 얼마든지 느낄 수 있는 행복이다. 베를린에 있을 때 내가 그랬다. 경비도 넉넉하지 않았고 오히려 심리적으로나 육체적으로 많이 지쳐 있을 때였지만, 베를린에 머무는 동안 나는 삶을 다시 시작할 수 있다는 용기를 얻었다. 목적이 뚜렷하기 때문이 아니라 목적이 없음에도 내 삶이 긍정적인 에너지로 충만함을 느끼는 것. 대단한 것을 소유해서가 아니라 가진 것이 없어도 지금 이 순간이 그저 완벽하다고 느끼는 순간들. 틸파크의 아름다운 호수를 발견하고 누가 먼저랄 것도 없이 옷을 훌훌 벗고 물속으로 풍덩 뛰어들어 오리들과 함께 수영하던 사람들의 천진무구한 미소, 박물관에서 어느 그림 앞에 한 시간이고 두 시간이고 말없이 앉아 그림을 감상하며 골똘히 생각에 잠기던 나 자신의 모습, 하루하루 '무엇을 할 것인가'가 아니라 그저 '지금 이 순간이 좋다'고 생각하며 베를린 밤하늘의 쏟아지는 별빛을 온몸으로 맞아들이며 걷고 또 걷던 시간들. 그 속에서 나는 내 마음속에 이미 오래전에 싹을 틔운 또 하나의 월든을 발견했다.

베를린에 머무는 동안 나는 난생처음 '외국에서 오래 살아보아도 괜찮겠다'는 생각을 했다. 아직도 나는 세상에서 한국 음식이 제일 맛있고, 외국어 실력도 시원찮지만, 베를린은 나처럼 외

베를린 노이에 박물관의 이집트 유물 컬렉션은 놀라움을 자아낸다.
베를린에서 이집트 관련 전시를 이렇게 꼼꼼히 보게 될 줄이야.

베를린 쿨투어포럼에서 뜻밖의 작품을 만났다. 바로 페르메이르의 작품이다. 뜻하지 않게 이 작품을 발견하고는 나도 모르게 환호성을 질렀다. 반가움과 놀라움과 기쁨이 섞인 저 그림 속 여인의 표정이 바로 베를린을 향한 내 사랑을 대신 말해주는 듯하다.

국에 사는 것을 두려워하는 사람에게도 활짝 열려 있는 도시였다. 한 달 넘게 베를린에 살았음에도 별다른 위험 상황이나 불쾌한 사건이 일어나지 않았다. 살림하는 재미도 쏠쏠했다. 일단 장바구니 물가가 워낙 싸서 최고급 치즈나 수제 햄, 밀맥주 등을 원하는 만큼 잔뜩 사도 3~40유로면 충분했다. 장을 한 번 봐두면 사나흘 치 식사는 거뜬히 마련할 수 있었다. 주말에는 빈, 프라하, 드레스덴 등으로 짧은 여행을 다녀오기에도 좋았다.

베를린에 머무는 동안 나는 처음으로 집이 아닌 곳을 '집처럼' 느꼈다. 요리도 하고 빨래도 하고 청소도 하면서 여행자가 아니라 현지인처럼 살았다. 이방인의 눈으로 허둥지둥 돌아다니기보다는 마치 익숙한 마을 주민처럼 골목골목을 어슬렁거리며 우리 동네 산책하듯 베를린 곳곳을 쏘다니던 그 느낌도 참으로 아늑했다. '내가 계속 글을 쓰며 살아갈 수 있을까'하는 공포와 불안에 시달리던 때였지만, 베를린에서 생각을 가다듬으며 조용히 지내보니 신기하게도 마음이 편안해졌다. 조금 더 욕심을 줄이고, 느리지만 담대하게 한 발 한 발 앞으로 나아갈 수 있을 것만 같았다. 삶이 문득 힘겹게 느껴질 때, 다시 처음으로 돌아가 삶을 새로 시작할 수 있는 용기를 얻는 것이야말로 여행이 우리에게 주는 최고의 선물이다.

모네의 꿈이 실현된
지상의 유토피아

프랑스
지베르니

그때는 몰랐다, 시골여행의 낭만을. 파리, 런던, 뉴욕 등 크고 유명한 도시만을 찾아다닐 때는 지베르니처럼 작은 마을을 여행하는 기쁨을 몰랐던 것이다. 내게 작은 고장의 기적 같은 아름다움을 알려준 첫 번째 장소가 바로 모네의 안식처 지베르니였다. 인구 300명밖에 되지 않았던 작은 마을을 매년 관광객 300만 명이 넘는 세계적인 관광지로 만든 비결, 그것은 바로 '모네가 이 마을에 살았다는 사실' 그 자체였다. 지베르니에 여전히 건재하는 모네의 정원이야말로 전 세계의 모네 팬들이 언젠가는 꼭 가고 싶어 하는 예술의 성지가 되었다. 지베르니에 모네가 살지 않았더라면 이 마을은 그저 평범한 시골 마을이었을 것이다. 아름답고 한적하지만 그다지 특별한 매력을 찾기는 어려웠던 지베르니를 최고의 여행지로 만들어준 모네의 비결은 '그저 이 마을에서 오래오래 살며 그림을 그리는 것'이었다.

모네는 머릿속에만 존재하는 예술가의 유토피아가 아니라 자신이 살아가는 공간을 현실 속에 존재하는 유토피아로 만들기 위해 분투했다. 평범한 시골 마을 지베르니의 낡은 집을 사서 그곳을 자신만의 독창적이면서도 현실적인 천국으로 만들어낸 것이다. 식구 모두가 편안히 지낼 수 있도록 커다란 이층집을 개조했고, 화실과 부엌을 특히 널따랗게 만들어 가정의 화목과 예술가로서의 노동을 모두 중시하는 이상적인 인테리어를 실험했다. 지베르니 모네 하우스의 핵심은 모네의 정원이었다. '물의 정원'과 '꽃의 정원'으로 나누어진 거대한 두 공간은 모네의 숙원 사업, 즉 365일 꽃이 지지 않는 살아 있는 유토피아를 추구하려는 의지를 그대로 담고 있다. 모네의 영원한 테마가 된 수련 연작도 바로 이 지베르니에서부터 본격적으로 그려진다. 놀라운 것은 수련을 모네가 직접 심고 가꾸었다는 점이다. 정원 부지가 워낙 넓어 무려 여섯 명의 정원사를 고용하고서도 모네 또한 열심히 정원을 함께 가꾸었다. 모네는 "내가 잘하는 일은 오직 그림 그리기와 정원 가꾸기밖에 없다"고 말했을 정도로 화가로서의 삶과 정원가로서의 삶을 사랑했다. 다른 일에는 거의 시간을 쓰지 않았다.

이제 모네는 아름다운 풍경을 찾기 위해 머나먼 곳을 떠돌아다닐 필요가 없었다. 지베르니, 모네의 정원에 자신이 꿈꾸는 모든 것을 완벽히 재현해놓았기 때문이다. 그는 자신의 집과 정원을 일종의 거대한 무대 세트로 삼아 매일매일 변화무쌍한 연극을 연출하는 감독과 같았다. 그 무대 위에는 그의 사랑하는 아내와 아이들, 그가 매일 애지중지 키우는 꽃과 나무들이 매일 소담

모네의 정원에는 사계절 내내 끊임없이 꽃이 피어난다.

스러운 일상의 축제를 벌였다. 모네의 그림을 보는 일이 즐거운 것은 그가 일상의 아주 자잘한 기쁨을 거대한 기적처럼 눈부시게 그려놓았기 때문이 아닐까. 정원에서 차를 마시거나 책을 보는 아내의 모습, 꽃의 정원에서 뛰노는 아이들의 모습, 마치 필생의 소원이라도 되는 것처럼 매일매일 꽃을 피워내는 수련의 장관은 우리가 매일 경험하는 일상과 자연이야말로 위대한 예술의 화두임을 상기시켜준다. 모네가 묘사하는 것은 단지 일상의 평화로움이 아니라 일상의 디테일 속에 숨은 눈부신 생의 아름다움처럼 보인다. 그 속에서 양산을 쓴 아내는 신화 속 여신만큼이나 찬란하고 신성하며, 뛰노는 아이들은 신화 속 큐피드 못지않게 사랑스럽다. 일상의 작은 디테일 속에 숨은 찰나의 아름다움을 포착하는 모네는 생을 사랑하는 자의 따사로운 눈길과 그림에 인생을 바친 화가의 혼신의 힘을 다한 붓질로 매일매일을 아름답게 수놓았다.

모네의 정원은 자연을 그대로 옮겨놓은 모방의 정원이 아니라 자연을 자신의 기획에 따라 한껏 가공한 인공 정원이었다. 봄, 여름, 가을, 겨울 언제든 꽃이 피게 하려고 모네는 부단한 노력을 기울였다. 1899년 이후부터는 특히 물의 정원에 있는 수련을 집중적으로 그리기 시작했고, 처음에는 그저 관상용으로 심었던 수련이 말년에는 모네에게 필생의 화두가 된다. 모네는 시력이 점점 나빠졌는데 종일 따가운 태양 광선을 맞으며 흔들리는 배 위에서 그림을 그리는 작업 습관이 큰 영향을 주었을 것이다. 자신의 작업 습관이 눈 건강을 해치는 것을 알았지만, 한번 붙든 예술의 화두를 결코 포기할 수 없었다. 시시각각 변화무쌍하게 모습을 바꾸는 수련의 모습을 화폭에 담아 마침내 오랑주리 미술관 등에 기증할 작품을 만들어가는 과정은 그에게 일종의 심혈을 기울인 자서전 같은 작업이었다. 〈수련〉이야말로 그동안 온갖 파란만장한 인생의 역경을 거쳐 모네가 마침내 도달한 '디테일의 보물창고'였다. 모네를 사랑하는 사람들은 모네의 수련 연작이 거대한 파노라마처럼 펼쳐지는 오랑주리 미술관을 '인상주의의 시스티나 성당'이라고 부를 정도다. 미켈란젤로의 〈천지창조〉가 시스티나 성당의 영원한 주인공이듯이 모네의 수련 연작은 오랑주리 미술관을 지켜주며 전 세계인을 맞이하는 모네의 뜨거운 분신이다.

모네가 자연으로부터 얻어낸 풍요로움이야말로 영원한 영감의 원천이었다. 색채는 온종일 모네를 사로잡았다. 색채는 그의 강박이며, 그의 기쁨이며, 그를 끝없이 고문하는 고통이기도 했다. 그는 더 정확히 자신의 눈에 보이는 대로 색채를 구성하기 위한 노력을 멈추지 않았기 때문이다. 마침내 백내장 증상이 심각해져 더 이상 그림을 예전처럼 완벽하게 그릴 수 없게 되었을 때조차도 그는 붓을 놓지 않으려 했다. 그는 그림을 그리러 야외로 나간다면 당신의 눈앞에 무엇이 있는지는 잊으라고 조언했다. 그것이 나무든 집이든 들판이든, 기존의 관념 따위는 잊고, 그저 눈앞에 보이는 것을 그려보라고 조언했다. 꽃을 꽃이라고 생각하지 말고 분홍색 사각형이라고 생각하고, 바다를 바다라고 생각하지 말고 파란색 줄무늬라고 생각하는 것이 모네의 방식이었다. 꽃이라는 관념과 바다라는 관념에 빠져들지 않고 오직 눈앞에서 반짝이는 바로 이 순간의 색채와 형태를 잡아내는 것이 모네의 기획이었기 때문이다.

모네는 수련 연작을 통해 명실상부 최고의 화가로 발돋움했다. 그의 화풍을 조금이라도 엿보기 위해 전 세계에서 화가들이 지베르니로 몰려왔는데 모네는 특별히 제자를 받지 않았기에 자기들끼리 마을에 모여 살며 일종의 모네 학파를 만들었다. 그중에는 모네의 딸과 결혼한 사람도 있었다. 지베르니에 정착한 뒤 모네는 "성격이 온화해졌다"는 칭찬을 듣기도 했다. 그도 그럴 것이 지베르니에 머물기 전에는 항상 과도한 노동과 경제적 불안 속에 살았을 뿐만 아니라 스케치 여행 때문에 스트레스를 받았고, 파리의 유명한 화상들에게 그림을 팔아야 한다는 압박감에 시달렸기 때문이다. 하지만 지베르니에 정착한 뒤 수련 연작이 대성공을 거두기 시작하면서, 모네는 경제적 곤란에서 벗어났고, 세계적인 거장으로 발돋움했으며, 살아 있을 때 화려한 성공을 거둔 몇 안 되는 화가가 되었다. 고흐나 고갱, 마네가 지독한 외로움 속에서 '내 작품은 대중은 물론 평론가나 화가들에게도 이해받지 못한다'는 고립감을 떨치지 못한 채 세상을 떠난 것에 비해, 모네는 마침내 대중과 평단 모두에서 환영받았고, 유럽은 물론 미국과 일본 미술 시장까지 석권할 정도로 크게 성공했다. 이 모든 행복의 베이스캠프는 바로 지베르니의 정원이었다. 모네는 전시회 때문에 잠시 지베르니를 떠날 때마다 아쉬워했다고 한다. 지베르니 전체를 들고 다닐 수는 없었으니까. 지베르니를 떠나는

모네의 정원을 가꾸는 정원사의 모습.

지베르니, 물의 정원에서.

것은 마치 자신의 심장을 두고 떠나는 것처럼 허전하기 이를 데 없었다.

모네를 통해 나는 매일 영감을 얻는다. 예술과 일상이 완벽하게 하나가 되어 조화를 이루는 아티스트의 이상을 실현한 그의 놀라운 창조성과 불굴의 인내심이야말로 내가 영감을 얻는 '예술의 오아시스'다.

부질없는 집착이
녹아내리는 곳

페루
마추픽추

천신만고 끝에 그곳에 찾아간다 해도, 만약 내가 찾는 바로 그것이 없다면? 내가 여행을 떠날 때마다 스스로에게 던지는 물음이다. 무엇을 찾는지도 모르는 채 무작정 떠날 때도 많지만, 아무리 짧은 여행도 '나는 지금 목마르게 무언가를 찾고 있다'는 내 안의 간절함에 화답해주곤 했기 때문이다. 뭔가 절실한 질문을 품에 안고 떠날 때, 여행은 더 아름다운 대답으로 내 삶을 밝혀주었다.

그런데 남미로 향하는 여행을 준비하면서는 내가 뭘 질문하는지 알 수가 없었다. 뭔가가 미친 듯이 궁금한데, 그 궁금증엔 구체적인 타깃이 없었다. 유럽과 미국, 아시아를 향한 여행에는 '내가 원래 알고 있는 것들'이라는 기준점이 많았지만, 남미에 대해서는 바로 그런 앎의 베이스가 턱없이 부족했기에. 그런데도 마추픽추는 늘 내 마음속의 여행지 1호였다.

그렇기에 마추픽추로 떠나는 이유는 '내가 찾는 바로 그것이 없다면, 어떡하지' 하는 의구심 또한 가장 큰 장소였기 때문이다. 도대체 뭘 찾아야 하는지도 모르면서, 무작정 알 수 없는 그리움

317

으로 타오르는 신비의 장소, 그곳이 내게는 페루의 마추픽추였다.

　나는 내 마음속에 남미 여행의 고정된 이미지가 전혀 없다고 생각했는데, 10여 년 만에 체 게바라의 남미 여행 이야기를 담은 영화 〈모터싸이클 다이어리〉를 다시 보다가 퍼뜩 깨달았다. 내 무의식 깊은 곳에 체 게바라의 요절복통 남미 여행의 해맑은 판타지가 자리 잡고 있었음을. 돈도 없고 비전도 없지만 그저 눈부신 젊음 하나로 무장한 두 청년이 낡은 오토바이 한 대에 의지해 떠나는 남미대륙 여행의 소박하면서도 순수한 기억이 내 무의식 어딘가에 박혀 있었던 것이다. 부에노스아이레스, 칠레의 파타고니아를 거쳐 안데스산맥을 따라 북으로 600킬로미터를 올라가서 마추픽추까지, 나아가 베네수엘라 과히라 반도에 이르는 기나긴 여정을 오직 기름이 줄줄 새고 걸핏하면 멈추는 오토바이에 의지해 다녀온 두 청년의 여행 이야기를 보니, 내 그리움의 정체가 조금씩 손에 잡히기 시작했다.

　천식을 앓고 있었고 아직은 혁명가가 아닌 풋내기 의대생이었던 체 게바라에게 남미 여행은 문명에서 벗어나 흙냄새 가득한 자연과 가까워지는 일이었고, 알 수 없는 모험의 세계로 인생을 던지는 일이었다. 파란만장한 모험 끝에 남미 여행을 마치면서 체 게바라는 비로소 '내가 어떻게 살아야 할지'를 깨닫는다. 우리의 마음속에 꿈틀거리는 온갖 여행의 버킷리스트 속에도 바로 그런 '내 삶의 밑그림, 혹은 내 삶의 여정을 그린 지도'를 찾는 마음이 담겨 있지 않을까.

체 게바라와 친구가 떠난 무전여행에 비하면 지금 우리의 여행은 매우 빠르고 간편해졌지만, 마추픽추로 가는 길은 여전히 멀고도 험난했다. 인천에서 토론토로, 토론토에서 멕시코시티로, 멕시코시티를 여행한 뒤 칸쿤의 해변과 치첸 이트샤의 마야 유적을 관람한 뒤 페루의 수도 리마에 도착하고 나서도, 우여곡절 끝에 거의 사흘이 지난 후에야 마추픽추에 닿을 수 있었다. 가는 길이 워낙 멀고 복잡해서, 바로 며칠 전 보았던 멕시코의 온갖 놀라운 풍경조차 가물가물해질 지경이었다. 마추픽추의 관문 쿠스코에서는 우려했던 고산병이 찾아와 밤새 엄청난 두통으로 잠을 이루지 못했지만, 다음 날이면 드디어 마추픽추를 볼 수 있다는 설렘과 희망으로 버텼다.

쿠스코의 다정한 원주민들과 놀라운 건축물들이 여행자를 반겨주었고, 고산병과 피로 해소에 도움이 되는 코카 잎으로 만든 코카 차의 쌉싸름한 맛도 잊을 수 없으며, 한 알이 엄지손톱만큼 커다란 페루의 옥수수, 감자의 원산지라는 명성에 걸맞게 놀랍도록 다채로운 감자 요리 등 모든 것이 신기했다. 쿠스코에 도착한 순간 가장 압도적인 풍경은 그야말로 면도칼 하나 들어갈 틈이 없이 완벽하게 짜맞춰진 거리의 석벽과 돌길이었다. 성당을 비롯하여 규모가 큰 건축물에는 정복자 스페인의 취향과 건축술이 다분히 느껴졌지만, 수백 톤의 암석으로 만들어진 석벽과 돌길은 스페인 군대의 총칼로도 무너뜨릴 수 없는 잉카문명의 위대함을 증언하는 듯했다.

마추픽추로 가는 기차 여행객들에게 다양한 물품을 파는 상인들.

스페인 침략자들은 잉카문명의 도시들을 약탈할 때 본래의 건축물 상부를 허물고 그 위에 스페인식 건물을 짓곤 했는데, 쿠스코의 산토도밍고 성당 또한 그런 방식으로 지어진 건물이었다. 잉카문명의 위대함은 지진이 일어나자 더욱 진가를 발휘했다. 쿠스코에 대지진이 일어났을 때, 스페인 정복자들이 지은 성당은 처참하게 무너져버렸지만 신전의 토대인 석벽은 전혀 손상되지 않은 상태로 그대로 남아 있었다. 종이 한 장 끼워넣기 어려울 정도로 완벽한 이음새를 자랑하는 잉카의 건축술이 가장 찬란하게 보존된 곳이 바로 마추픽추다. 워낙 높은 곳에 있고 항상 구름으로 가려져 있어 '공중 도시'라는 별명이 붙은 마추픽추는 스페인의 총칼과 화약을 구사일생으로 피할 수 있었다. 스페인의 침략이 없었더라면 리마나 다른 도시들도 마추픽추 못지않은 아름다움을 간직한 채 남아 있지 않았을까 하는 안타까움이 밀려든다.

미국인 청년 하이램 빙엄이 원주민 소년의 도움으로 마추픽추를 발견한 이후, 이 신비로운 공중 도시에 대한 무수한 논쟁이 이어졌지만 아직도 도시의 정확한 쓰임새는 알 수가 없다. 안데스 산맥의 만년설과 우르밤바 계곡의 변화무쌍한 물길을 실컷 보고 난 뒤 드디어 마추픽추의 위용이 드러나 눈앞에 펼쳐지자, 여기저기서 탄성이 터졌다. 구름에 반쯤 가려진 마추픽추는 이루 말할 수 없이 장엄하고도 쓸쓸해 보였다. 전 세계에서 찾아온 여행자들의 온갖 수런거림이, 마추픽추가 보이기 시작한 바로 그 지점에서 뚝 끊겨버렸다. '내가 찾는 그것이 이곳에 없으면 어쩌지'

하는 부질없는 걱정 또한 그 순간 눈 녹듯 사라져버렸다.

어떤 장소에서든 반드시 뭔가 '의미'를 찾으려는 마음의 병이 나를 괜스레 괴롭혔다는 사실을 깨달았다. 유럽의 수많은 건축물처럼 그 의미가 이미 충분히 해석되어 있는 곳에서는 마음이 놓였다. 수많은 학자들이 이미 그 장소의 의미를 해독해놓은 곳에서는, 앞서간 사람들이 만들어놓은 오솔길을 따라 걷기만 하면 되었다. 하지만 마추픽추는 그럴 수가 없었다. 마추픽추는 의미 자체가 해독되지 않는 곳이기에, 붙잡고 따라갈 만한 의미의 이정표가 없었다.

하지만 마추픽추와 와이나픽추의 위용이 마음을 사로잡는 순간, 아무 생각도 필요 없었다. 모든 장소에서 역사적 의미를 찾으려는 오랜 집착으로부터 비로소 해방되는 느낌이었다. 그곳이 거기 있다는 것만으로도 그저 고맙고, 눈부시고, 행복했기에. 전혜린이 사랑했던 독일어 단어, '페른베Fernweh(먼 곳을 향한 그리움)'처럼, 마추픽추도 먼 곳을 향한 알 수 없는 그리움의 갈증이 얼마나 강렬할 수 있는지를 가르쳐주었다. 잘 알지도 못하면서 그곳을 미친 듯이 그리워하는 감정, 그것은 나뿐만 아니라 마추픽추를 동경하는 모든 이들의 무의식에 자리 잡은 페른베가 아닐까.

마추픽추는 우리 문명에는 없고 잉카에는 있는 것, 현대 문명에는 없고 고대 문명에는 있는 그 무언가를 찾는 모든 사람들에게 매일 재발견되고 있다. 스페인의 총칼은 잉카의 정신을 말살

흰 구름의 호위를 받는 듯한 마추픽추의 절경.

하려 했지만, 잉카의 문명은 여전히 정복되지도 해석되지도 않은 아름다움으로 그 총칼에 멋지게 복수하고 있는 것처럼 보였다. 스페인 사람들이 말살하려 했던 바로 그 문명은 이제 전 인류의 신비로 살아남아 이토록 아름다운 복수의 향기를 온 인류에게 선물처럼 전해주고 있다. 마추픽추와 모라이를 거쳐 다시 쿠스코로 돌아오며 나는 굼베이 댄스 밴드의 〈엘도라도〉를 들었다.

> 그들은 사람들을 한 명 한 명 죽였지요. 그들은 오직 총으로만 말을 했어요. 용감한 남자들은 쇠사슬에 묶이고 모든 젊은 엄마들은 노예로 팔려 갔지요. 아기들은 밤새 울어댔어요. 그 아기들이 빛을 볼 수 있을까요? 엘도라도의 황금의 꿈들은 고통과 피의 바다에 모조리 잠겨버렸어요. (…) 힘과 권력에만 굶주려 있는 자들에게 에덴의 문은 늘 닫혀 있을 거예요. 진정한 엘도라도는 다이아몬드와 금으로 이루어진 게 아니니까요. 그것은 모든 사람들의 마음속에 있는 평화와 사랑, 이해를 향한 꺼지지 않는 갈망이에요.

마추픽추를 향한 우리의 그리움도 바로 그런 것이 아닐까. 총칼과 권력으로는 결코 닿을 수 없는 평화와 사랑, 이해와 존중을 향한 멈출 수 없는 갈망. 그것이 어떤 멋진 '의미'로도 포섭되지 않는 마추픽추의 영원한 아름다움이다.

어떤 불편함에도 불구하고
아름다운 도시

쿠바
아바나

그곳에는 그 흔한 맥도널드도, 스타벅스도, 켄터키프라이드치킨도 없다. 코스트코 같은 대형 할인마트도, 자라 같은 글로벌 패션 브랜드도 없다. 게다가 결정적으로, '모바일 데이터'가 통하지 않는다. 10여 년 동안 수십 나라를 바지런히 돌아다녀보았지만 모바일 데이터가 터지지 않는 나라는 처음이어서, 내심 아날로그적 삶을 꿈꾸는 나조차도 당황했다. 종이 지도를 신줏단지 모시듯 꼭 가지고 다니던 배낭여행 초보이던 시절이 언제였나 싶게 이제는 '구글맵'이 더 편해져버린 내 자신이 쿠바에서는 유별난 스마트폰 중독자처럼 느껴질 정도였다. 아, 구글맵도 찾을 수 없고, 궁금한 이메일도 마음대로 열어볼 수 없고, SNS의 항시적 불통은 물론 공식적으로 볼 수 있는 텔레비전 채널도 다섯 개밖에 되지 않는 나라에서, 나는 과연 행복할 수 있을까. 미디어 키드로 자라난 내가, 과연 미디어와의 '접속'이 지독히 불편한 이 나라를 '쿠바 여행을 향한 낭만적 기대'만으로 버틸 수 있을까.

그러나 이런 걱정은 한마디로 기우였다. 멕시코, 칠레, 브라

모든 것이 다 낡은 쿠바의 골목골목에는 오래된 담장만큼이나 낡은 차가 곳곳에
서 있다. 올드카들은 매연이 심하지만 하나같이 아름다운 색감으로 쿠바의 트레
이드마크가 되었다.

질, 페루, 쿠바, 아르헨티나, 이 모두가 흥미진진하고 매혹적인 나라들이었지만, 가장 다시 가고 싶은 나라, 적어도 한 계절쯤은 꼭 살아보고 싶은 나라는 역시 쿠바였다. 〈모터싸이클 다이어리〉와 〈부에나 비스타 소셜 클럽〉, 그리고 《체 게바라 평전》을 질리지도 않고 보고 또 봤던 나였기에 '기대가 크면 실망도 클까 봐' 가장 걱정스러웠던 나라 쿠바. 그러나 쿠바는 나를 전혀 실망시키지 않았다. TV 속 여행 다큐멘터리를 통해서도 단골손님처럼 등장했던 아바나는 더더욱 나를 실망시키지 않았다. 나는 아바나에서, 런던에도, 아테네에도, 베를린에도, 파리에도 없는 그 무언가를 발견했다. 그것은 한 번도 풍요를 경험해본 적 없는 나라에 존재하는, 지구상의 그 어느 곳보다 풍요로운 생의 활기와 온기였다. 아마 니체가 아바나를 방문할 수만 있었다면 그가 그토록 간절하게 꿈꾸었던 '아모르 파티Amor Fati(운명에 대한 사랑, 삶 그 자체에 대한 사랑)'가 도시 전체의 구석구석에 깃들어 있는 장소가 바로 아바나임을 단번에 포착했을 것이다.

이 온기와 활기는 삶이 마냥 기쁘고, 사람들이 무작정 명랑하고, 좋은 일들만 가득 일어나서 느끼는 외부 환경의 축복이 아니다. 오히려 쿠바에서는 짠하고 애처로운 풍경이 많았다. 거리의 맹인 가수는 내가 들어본 어떤 버스킹보다도 애잔하고 구슬픈 목소리로 사람의 가슴을 쓰라리게 휘젓는 노래를 불렀고, 하수구 시설이 제대로 되어 있지 않거나 벽들과 돌담이 허물어져가는 집들도 많았다. 하지만 쿠바인들은 내가 방문한 그 어느 나라보다도 넉넉한 인심과 해맑은 미소로 여행자들을 맞이했다. 그들은 풍요 때문에 넉넉한 인심을 보여주는 것이 아니라, 삶을 있는 그대로 긍정하고 사랑하기에 그 누구도 경계하지 않는 것 같았다. 식당에 가면 일단 묻지도 따지지도 않고 모히토 한 잔이나 스파클링 와인 한 잔 정도는 식전 음료로 그냥 제공하는 곳도 많았다. 유럽의 레스토랑처럼 아무리 배고파도 종업원이 주문을 받을 때까지 무작정 사람을 기다리게 하지 않아서 좋았다. 쿠바 레스토랑은 앉자마자 손님에게 음료와 빵을 제공하고, 여성 손님에게 모든 음식을 먼저 서빙해주었다. 게다가 계란도, 버터도 들어가지 않은 담백한 쿠바식 빵은 정말 맛있었다.

술을 좋아하지 않는 나도 쿠바 리브레Cuba libre(화이트럼을 차가운 얼음 위에 부은 뒤, 콜라와 라임즙을 넣어 만든 칵테일) 같은 칵테일의 매력에 푹 빠지게 만들 정도로 아바나 사람들은 '술 인심'이 좋다. 싸고, 맛있고, 무엇보다도 '이방인의 경계심'을 풀게 하는 아바나 사람들의 둥글둥글한 미소가 '한 잔 더'를 외치게 한다. 아바나에서 모히토로 가장 유명한 곳은 헤밍웨이의 단골 술집으로 잘 알려진 '라 보데기타 델 메디오'다. 헤밍웨이의 감성 충만한 흑백사진으로 가득한 이곳은 종일 인산인해를 이룬다. 헤밍웨이가 자신만의 독특한 다이키리 칵테일을 만들어 마셨다는 '플로리디타' 또한 아바나 최고의 술집으로 유명하다. 플로리디타에서 헤밍웨이는 화이트럼 더블 샷, 라임과 자몽 주스, 잘게 부순 얼음을 넣은 다이키리 칵테일을 만들어 마셨는데, 이것은 '엘 파파 도블레'라는 이름으로 아직도 성황리에 판매되고 있다. 쿠바를 제2의 조국으로 삼았던 헤밍웨이를 '파파'라고 불렀던 쿠바 사람들의 애정이 듬뿍 담겨 있는 칵테일이다.

쿠바는 한 번도 부강했던 적이 없지만, 지금보다 더 가난하고 힘들었을 때조차도 놀라운 창의력과 불굴의 의지로 역경을 극복해냈다. 그 중심에는 사회주의혁명에 대한 믿음, 쿠바에 대한 지칠 줄 모르는 자부심 등 여러 가지 정신적 원천이 있겠지만, 특히 쿠바 사람들 특유의 눈부신 낙천주의 정신인 '마냐나manana'가 굳건히 자리 잡고 있다. 무엇이든 어떻게든 다 잘될 것이라 믿는 마냐나 정신은 모든 역경을 '해결될 수 있는 것', '우리가 노력하면 이겨낼 수 있는 것'으로 보는 가치관이다. 미국의 잔인한 경제 봉쇄 조치로 온 국민이 허리띠를 졸라매야 했던 시절, 그들은 계란 없이도 계란 맛을 내는 요리법, 고기 없이도 고기 맛을 내는 요리법을 개발하며 배고픔과 궁핍을 견뎌냈다. 당시 사람들은 자동차 연료가 없어 걸어 다니거나 자전거를 타고 수십 킬로미터를 이동했지만, 그 결과 국민의 평균수명과 건강이 더욱 증진되었다고 한다. 걸핏하면 길에서 퍼지는 오래된 클래식 자동차들을 기상천외한 아이디어로 고쳐내는 세계 최고의 자동차 정비공들, 세계 최고 수준의 의료와 교육, 세계에서 가장 낮은 문맹률, 발레와 재즈와 클래식 음악 등 예술에 대한 무한한 사랑으로 똘똘 뭉친 쿠바인들은 여전히 그 어떤 다국적 자본과 미디어의 홍수 속에서도 '우리만의 삶, 우리만의 가치'를 지켜내는 낭만주의자들이다.

쿠바 사람들은 더 많이 갖고, 더 많이 누리는 삶을 꿈꾸기보다는 인생의 아름다움을 속속들이 즐기고 누리는 데 더 많은 에너

내가 탄 아바나 택시의 운전사. 그의 원래 직업은 놀랍게도 의사라고 한다. 의사로서의 삶을 여전히 살면서도 생업을 위해 택시 기사 일까지 하고 있다고 했다.

라 보데기타 델 메디오 앞에서 아름다운 목소리로 너무도 슬픈 노래를 부르는
맹인 가수를 만났다.

지를 쏟는 것 같다. 춤과 노래를 물처럼, 공기처럼 들이마시고, 일상적인 대화도 왠지 콧노래나 허밍처럼 음악적으로 들린다. 대부분의 사람들이 받는 월급은 터무니없이 낮고, 쿠바 경제 시스템의 근간에는 여전히 '배급'이 자리 잡고 있다. 그들에게는 최신형 스마트폰이나 UHD 텔레비전은 없지만, 무상 교육, 무상 의료, 그리고 누구에게나 평등하게 주어지는 '배급'이라는 삶의 원천이 있다. 쿠바 경제가 아무리 어려워도 배급제가 중단된 적은 한 번도 없었다. 1962년에 시작되어 지금까지 시행되어온 이 배급제를 통해 사람들은 식품과 신발, 의류 등 대부분의 생필품을 구할 수 있다. 신혼부부에게는 웨딩 케이크와 맥주 세 상자, 그리고 예복이 제공된다. 쿠바의 배급카드를 '리브레타^{libreta}'라고 하는데 나는 이 단어의 뉘앙스와 울림이 너무 좋아 몇 번이나 소리 내 말해보았다. 리브레타, 리브레타. 리브레타는 어쩌면 아무리 힘들어도 삶을 계속하게 해주는 것, 아무리 어려워도 삶을 포기하지 않게 해주는 용기를 주는 그런 시스템이 아닐까. 리브레타, 리브레타. 그 말이 너무 어여뻐서 한참을 입속에서 혀를 가만히 굴려가며 발음해보았다.

리브레타, 사람을 끝내 살게 해주는 그 무엇을 생각하게 하는 말이었다. 우리에게도 리브레타 같은 최소한의 생존을 위한 구제 시스템이 있었다면 송파구 세 모녀의 자살 사건 같은 생존을 비관한 자살은 일어나지 않을 수 있지 않을까. 절대적인 가난 때문만이 아니라 상대적인 비참함 때문에, '이제 우리에게는 희망이 없고, 남들에게 부끄럽고, 아무도 우리를 도와주지 않는다'는 생

《노인과 바다》의 작가 헤밍웨이가 살았던 집이 있는 코히마르에서 발견한 정겨운 서점. 헤밍웨이와 카스트로가 다정하게 이야기를 나누는 사진도 눈에 띈다.

각 때문에 죽어가는 사람들을 구해내야 하지 않을까. 쿠바인들은 생존의 문제를 이야기할 때 리솔베르resolver, 즉 '해결하다'라는 뜻의 동사를 사용한다. 그들에게 생존의 문제는 넘지 못할 장애물이 아니라 언제든 서로 도와가며 해결하려고 노력하면 해결할 수 있는 그 무엇이다. 사람들이 생존의 공포 때문에, 아무도 나를 도와주지 않는다는 생각 때문에 삶을 포기하지 말았으면. 쿠바 음식 중에 '아히아코Ajiaco'라는 음식이 있다. 나는 이 아히아코가 깜짝 놀랄 정도로 맛있었다. 우리의 '엠티찌개'나 엄마가 끓여준 부대찌개처럼 감칠맛 나고, 정겨운 맛이었다. 소고기, 옥수수, 단호박, 감자, 보니아토(고구마) 등을 가득 넣고 끓인 쿠바식 스튜다. 나는 아히아코를 내 나름대로 '어떻게든 되겠지'라는 쿠바인들의 마냐냐 정신을 담은 수프라고 이해했다.

이렇게 얼기설기, 얼핏 보면 대충대충, 있는 것들을 다 넣어서 이토록 맛있는 음식을 만들 수 있는데, 우리 삶 또한 그렇지 않을까. 우리가 힘을 합쳐서 해결하려고 노력만 한다면, 이루어낼 수 있지 않을까. 리브레타라는 단어를 들은 이후로 계속 그 말의 아련한 여운이 귓속을 맴돌았다. 리브레타, 리브레타, 마치 러브레터처럼 달콤하고 따사로운 그 이름. 나는 리브레타를 마치 기도처럼 되뇌며 기원했다. 오늘도 당신이 너무 많이 아프지 않고, 다만 잘 있기를. 잘 존재하기를. 잘 살아내기를. 리브레타, 그것은 아무리 생이 힘들고 아프고 쓰라려도, 언제든 그 매일의 삶 속에서 생의 눈부신 기쁨들을 발견해낼 수 있는 축복의 다른 이름이었다. 리브레타, 리브레타, 부디 살게 해주소서.

라틴 아메리카의
매혹적인 관문

멕시코
멕시코시티

국경을 넘는 여행을 자주 하다 보면 한 장소에 대해 여기서는 이런 이야기, 저기서는 전혀 다른 이야기를 들을 때가 있다. "멕시코가 위험하다고요? 반은 맞고 반은 틀린 얘기예요. 특히 여기 멕시코시티는 인구가 2천만 명에 가깝다 보니 별의별 일이 다 있지만, 또 놀랍게도 세계에서 여덟 번째로 인구가 많은데도 불구하고 사람들이 별 탈 없이 행복하게 살아가는 도시이기도 해요. 뉴스에서 나오는 것처럼 멕시코가 '마약의 제국, 위험한 나라'의 대명사만은 아니에요." 멕시코시티에서 가족을 이루고 무려 15년이나 '무사히' 살아온 현지 가이드의 말이다. 그로부터 며칠 후 쿠바의 아바나에서는 한국말이 유창한 쿠바인 가이드가 이렇게 말했다. "멕시코는 아주 위험한 나라입니다. 언론인이 가장 많이 살해당하는 나라, 아이들이 수십 명씩 납치되어 돌아오지 않는 나라, 마약 카르텔 범죄가 끊이지 않는 나라예요. 그에 비하면 우리 쿠바는 천국이죠." 쿠바에 도착하기 사흘 전에 '멕시코가 생각보다 살기 좋은 나라구나'라는 인상을 받았던 나는, 쿠바 가이드의 말을

템플로 마요르(아즈텍 신전) 유적 앞 골목 풍경.

듣고 서글퍼졌다. 두 사람 다 자신의 눈으로 바라본 진실을 말하고 있고, 누구도 틀리지 않았다. 제삼자인 내가 볼 때, 멕시코도 쿠바도 더없이 아름다운 나라다. 우리나라가 한국전쟁을 비롯하여 수많은 역사적 트라우마를 안고 있음에도 불구하고 여전히 아름다운 나라인 것처럼.

그러나 이 모든 복잡한 감정 이전에 내 마음속에 각인된 멕시코는 '화가 프리다 칼로의 나라'라는 점이다. 프리다 칼로는 내게 '멕시코의 색깔'이 지닌 기묘한 활기와 해맑은 생동감을 가르쳐주었다. 자칫 촌스러워 보일 수 있는 화려한 원색들을 하나의 화면 안에 과감하고 거침없이 배치하는 프리다 칼로의 그림은 '이 모든 빛깔이 한데 모여 있는데도, 어떻게 전혀 촌스럽지 않고, 이렇게 자연스럽고 조화로운 느낌을 주는가' 하는 즐거운 의문을 품게 해주었다. 그것은 프리다 칼로의 재능이기도 하면서, 동시에 멕시코 사람들이 일상 속에서 숨 쉬듯 자연스럽게 접하고 만들어가는 '삶의 색채'일 것이다. 황량한 벌판에 돋아난 선인장으로 더없이 달콤한 술 데킬라를 빚어내고, 형형색색의 판초를 입고 기타를 치며 마음 깊은 곳에서 우러나오는 낭만과 서정을 노래하는 마리아치들, 그저 집히는 대로 이것저것 얼기설기 걸쳐 입었을 뿐인데 마치 성대한 파티의 주인공처럼 화려하게 차려입은 듯한 느낌을 주는 거리의 멕시코 여인들. 그들의 현란하면서도 정감 어린 색감, 그들의 이상 더 크게 지을 수 없을 것만 같은 환한 미소, 매운 향신료가 들어간 음식을 너무 좋아해서 위장병에 자주 시달린다는 그들이 그럼에도 불구하고 포기하지 못하는 매콤하고 쌉싸름한 음식들의 향기. 이 모든 멕시코스러움이 프리다 칼로의 캔버스 위에 펼쳐져 있기에 프리다칼로의 그림은 아프고 우울한 이야기를 담고 있을 때조차도 그토록 활기차고 생동감 있었던 것이 아닐까.

프리다 칼로의 나라 멕시코에 마침내 도착한 기쁨도 잠시, 나는 종일 가라앉지 않는 두통과 마주해야 했다. 해발 2천 250미터 높이에 위치한 멕시코시티에 처음 도착한 날부터 거의 사흘 동안 온몸이 퉁퉁 붓고 머릿속에 안개가 뿌옇게 낀 듯한 갑갑함을 느꼈는데 알고 보니 그것도 미약한 고산증이라고 한다. 물론 나중에 겪게 될 마추픽추의 고산병에 비하면 아무것도 아니었지만, 처음 멕시코시티에 도착하는 사람들은 흔히 앓는 증상이다. 온종일 짙은 안개 속을 걷는 느낌으로 지내다가도 '멕시코의 색채'를 볼 때마다 눈이 번쩍 뜨이곤 했다. 형형색색의 망토와 카펫을 파는 노점 상인들, 한국어로 '어서 오세요'를 외치며 '핸드메이드'라고 주장하지만 조금은 미심쩍은 가방과 스카프를 파는 사람들, 형광색에 가까운 핑크빛이나 눈이 시릴 정도의 청보라색으로 벽을 칠했지만 묘하게 아름다운 느낌을 주는 집들, 그리고 시장이나 슈퍼마켓에서 보이는 수많은 향신료와 채소, 과일 들이 펼치는 눈부신 자연의 색채들. 이 모든 것들이 마음을 빼앗았다. 청바지를 뚫을 정도로 강력한 자외선 때문에 멕시코 사람들은 여름에도 두꺼운 판초를 걸쳐 입곤 하는데, 눈이 시리게 새파란 하늘 아래 알록달록한 판초를 입고 걸어가는 사람들을 보면 저절로 흐

멕시코 미술뿐만 아니라 유럽의 인상파와 현대미술까지 아우르는
방대한 컬렉션을 자랑하는 소우마야 박물관.

멕시코시티에서 50킬로미터쯤 떨어진 거대한 유적지, 테우티우아칸.

뭇한 미소가 번져 나왔다. 멕시코의 색채, 그리고 눈물 나게 매콤하고 짜고 시큼한, '강렬함' 그 자체인 멕시코 음식이 지닌 향기는 끊임없이 여행자의 정신을 번쩍 차리게 해주는 천연 각성제가 되어주었다.

여행자들을 향해 반갑게 인사해주는 멕시코 사람들의 푸근한 인심은 좋았지만, 멕시코시티 거리 곳곳에서 느껴지는 빈부의 격차만큼이나 심각해 보인 것은 '여성의 인권' 문제였다. 어린 나이에 아이를 셋, 넷씩 낳아 힘겹게 키우고 있는 멕시코 여성들의 모습을 보니 마음이 아팠다. 일찍 결혼하고, 대체로 다산하고, 대가족의 집안 살림과 온갖 책임을 홀로 떠맡는 멕시코 여성들의 삶은 프리다 칼로가 살아 있던 시절보다 과연 얼마나 더 나아졌을까. 프리다 칼로를 괴롭혔던 것은 디에고 리베라의 지독히도 자기 중심적인 성격 때문이었는데, 이것은 디에고 리베라 개인만의 성격이 아니라 멕시코 문화의 본질적인 남성 중심의 분위기 때문이기도 했다. 지금은 프리다 칼로가 세계적으로 디에고 리베라를 뛰어넘는 주목을 받고 있지만, 살아 있을 때 프리다 칼로는 죽기 바로 1년 전에야 처음으로 개인전을 열었을 정도로 '예술가 프리다'로서의 삶을 제대로 누리지 못했다. 그녀가 받은 주목은 지금처럼 그녀의 작품 세계 자체에 대한 관심보다는 '말도 많고 탈도 많은, 그러나 위대한 화가임에는 분명한 디에고 리베라의 아내'라는 점이었다. 프리다의 남편으로서의 책임감은 내려놓은 채 거침없이 다른 여인과 사랑에 빠진 디에고 리베라는 급기야 프리다의 여동생과 불륜을 저지르고 만다. 프리다는 자신의 인생을 돌아보며 이렇게 고백한 적이 있다. "내 인생에는 두 가지 심각한 재앙이 있었다. 첫 번째 재앙은 열여덟 살 때의 교통사고였고, 두 번째 재앙은 바로 디에고 리베라였다. 사실 디에고 리베라가 더욱 심각한 재앙이었다." 프리다 칼로의 작품 〈두 명의 프리다〉에는 바로 그런 상처로 인해 분열된 그녀의 쓰라린 자의식이 고스란히 드러나 있다.

멕시코를 배경으로 한 소설 중 가장 대중적으로 잘 알려진 《쾌걸 조로》만 봐도 멕시코 문화의 본질적인 남성중심주의가 어처구니없을 정도로 실감 나게 드러난다. 조로가 아름다운 여인 롤리타의 마음을 빼앗기 위해 하는 행동은 하나같이 오늘날의 기준에서 보면 무례하고 '반페미니즘적'으로 보인다. 롤리타가 자신의 공간을 침입한 조로를 경계하며 어서 가라고 하자 조로는 이렇게 이야기한다. "아, 잔인하시네요, 아가씨! 아가씨는 보기만 해도 뜨거운 열정으로 온몸이 달아오르게 하는 분인데. 아가씨의 그 상큼한 입술에서 명령이 떨어지기만 하면 어떤 남자라도 홀로 수많은 적과 맞서 싸우려 들 겁니다." "남자다운 남자라면 기꺼이 아가씨를 지키다 죽으려 할 겁니다. 이렇게 우아하고 눈부시게 아름다운 분을 위해서라면!" "한 번만 더 손을 주세요. 그러면 가도록 하죠." 계속 거부하는 롤리타에게 그는 끊임없이 치근덕거린다. "그럼 사람들이 몰려와서 잡아갈 때까지 여기 그냥 앉아 있겠어요. 오래 기다릴 필요도 없이 금방 그렇게 될걸요." 롤리타는 기어이 '손을 잡히고' 만다. 그는 롤리타의 손을 잡겠다는 자신의 열망을 달성하고 나서야 못 이기는 척 그녀의 공간을 떠난다. 더

테우티우아칸의 계단을 오르는 사람들.

멕시코의 역사와 신화를 총망라한 멕시코 인류학 박물관의 하이라이트,
아즈텍 태양석 무게가 무려 25톤에 이른다.

황당한 것은 그녀가 그런 조로에게 '짜릿한 전율'을 느끼며 가슴 두근거리는 열정을 품는다는 점이다. 롤리타는 두근거리는 가슴을 진정시키지 못하고 이렇게 혼잣말을 한다. "강도지만 남자다운 남자야! 돈 디에고가 저 사람이 갖고 있는 박력과 용기의 반만큼만이라도 갖고 있다면 얼마나 좋을까!"

어렸을 때는 영화 〈마스크 오브 조로〉를 보며 진심으로 '얼굴을 가린 신비의 남자, 복면을 쓴 강도 시뇨르 조로'가 매력적이라고 생각했다. 성적 매력도 집단의 학습 효과가 크기 때문에 '미디어에서 매력적이라고 선전하는 남성'의 우월함에 나 또한 매혹되었던 것이다. 하지만 이제는 그것이 나도 모르게 내게 각인된 '마초적 남성성'에 대한 어리석은 동경이었음을 안다. 조로가 아무리 도탄에 빠진 민중을 구하는 국민적인 영웅이어도, '씩씩한 남성이 아름다운 여성을 지켜주어야 한다, 그래야 남자다'라고 생각하는 전형적인 마초가 아니었을까. 롤리타는 '저 사람이 갖고 있는 박력과 용기'의 반만큼만 자신의 약혼자가 가졌으면 좋겠다고 생각하지만, 나는 조로의 박력과 용기를 바로 '나 자신'이 갖기를 원한다. 멕시코시티를 여행하며 나는 내 안에 여전히 상처 입어 피 흘리는 프리다 칼로를 만났고, 그리고 이제 내 안에서 여전히 울고 있는 그녀를 놓아주어야 할 때가 왔음을 깨달았다. 우리 현대 여성에게는 '쾌걸 조로'가 필요치 않다. 우리 자신이 조로처럼, 아니 조로를 뛰어넘는 용감한 존재가 되어야 한다. 자신을 스스로의 힘으로 지키고, 여전히 남성 중심적인 사회를 향해 용감하게 목소리를 내고, '단지 여자라는 이유로' 주눅 들지 말았으면.

에메랄드 바다 끝 성곽에서
피카소와 만나다

한겨울에도 에메랄드빛으로 반짝이는 바다가 있는 곳 앙티브는
프로방스의 대표적인 휴양지 니스와도 가깝고, 영화의 도시 칸과
도 가깝다. 하지만 니스처럼 물가가 비싸지도 않고, 칸처럼 관광
객들로 북적이지도 않는다. 앙티브는 기원전에는 그리스의 식민
지였고, 오랫동안 소박한 항구도시이자 어부들의 삶의 터전이었
으며, 지금은 아름다운 예술의 도시이자 휴양지가 됐다. 니스나
칸 근해의 물빛보다 훨씬 맑고 깨끗하게 반짝이는 바다가 앙티브
를 감싸고 있다. 나는 니스에서 기차를 타고 앙티브로 갔는데, 앙
티브에 가까워질수록 마치 새하얗게 반짝이는 진주 가루를 흩뿌
려놓은 듯 환하게 밝아지는 바다 빛깔에 반해버렸다. 니스에서
앙티브로 갈수록 바다 색깔의 채도와 명도가 모두 높아졌다. 니
스의 광활한 해변이 마치 끝없이 펼쳐지는 마라토너의 레이스 같
다면 앙티브의 해변은 사랑하는 사람과 둘이서만 천천히 산책하
고 싶은 아늑한 정원 같았다.

게다가 앙티브에는 피카소를 사랑하는 사람들이라면 꼭 가볼

만한 아름다운 미술관이 있다. 파리 피카소 미술관이나 바르셀로나 피카소 미술관이 훨씬 유명하지만, 나는 개인적으로 앙티브 피카소 미술관을 더 좋아한다. 프랑스 칸에서 이탈리아 라스페치아까지 광대무변하게 이어지는 리비에라 해안을 바라보며 성곽으로 안온하게 둘러싸인 박물관에서 피카소의 미술작품을 감상할 수 있는 장소이기 때문이다. 중세풍의 성곽을 사랑하는 사람이라면 앙티브 미술관에 매혹될 수밖에 없을 것이다. 앙티브 피카소 미술관의 전신이 바로 그리말디 성城이었기 때문이다. 피카소와 미로를 비롯한 기념비적인 아티스트들의 작품이 가득하고, 눈부신 조각들이 마치 살아 있는 사람처럼 고즈넉한 뒷모습으로 바다를 바라보고 있는 정원이 펼쳐진다. 더불어 미술관 안쪽에서 모퉁이를 돌 때마다 문득문득 틈새로 펼쳐지는 에메랄드빛 바다가 가슴을 두근거리게 한다. 자연의 아름다움과 예술의 아름다움이 함께 어우러져 빚어내는 마음의 하모니는 평생 간직할 수밖에 없는 소중한 추억이 된다. 지금도 이곳에는 바다가 내려다보이는 웅장한 성곽 전체를 아틀리에 삼아 마음껏 그림을 그렸던 피카소의 흔적이 곳곳에 배어 있다.

피카소 미술관을 나와 카레 요새와 성곽이 부챗살처럼 해변을 감싸고 있는 해안 도로를 산책하면 앙티브에 오길 참 잘했다는 생각이 절로 든다. 《그리스인 조르바》의 작가 니코스 카잔차키스는 앙티브의 올드타운에 빌라를 소유하기도 했으며, 영국의 베스트셀러 작가 그레이엄 그린은 말년에 앙티브에서 오랫동안 글을 쓰며 살기도 했다. 선박왕 오나시스도 한때 앙티브에 거주한 적

프랑스 남부 바닷가 앙티브에 자리한 피카소 미술관. 리비에라 해안을 바라보며 지어졌고 그리말디 성곽에 둘러싸인 피카소 미술관은 피카소뿐만 아니라 미로 등 기념비적인 아티스트들의 작품을 품고 있다.

이 있다. 뭐니 뭐니 해도 앙티브의 명물은 바다의 빛깔 그 자체다. 앙티브 바다의 빛깔은 마치 한겨울에도 우리의 마음 저 안쪽에서 살아 숨 쉬는 내밀한 온기를 끄집어내주는 듯하다. 그래서일까, 내가 찾아간 날도 날씨가 추웠지만 사람들이 마치 거대한 자석에 이끌리듯 바다 쪽으로 움직이고 있었다.

바다를 보니 오래전 느닷없이 훌쩍 떠난 제주 여행이 떠올랐다. 그해 유난히 오래 지속된 한파에 지친 나는 '무조건 따스한 쪽으로 가리라' 마음먹고, 아무 준비도 없이 훌쩍 제주도로 떠났다. 그곳에 비로소 내가 그토록 기다리던 '봄'이 먼저 와 있었다. 날씨가 너무 따뜻했기에 나는 두꺼운 패딩점퍼를 벗어 던지고 샛노란 유채꽃 밭을 활보하며 혼자 신이 났다. 그 따스함을 마음속에 가득 담아 서울로 돌아오고 나니 한 달이나 남은 서울의 강추위를 견딜 수 있었다. 그때 깨달았다. 우리에겐 몸의 난방뿐 아니라 마음의 난방이 필요하다는 것을. 마음의 난방이란 추운 겨울을 견딜 수 있게 해주는 따스함의 기억이다. 그 따스함의 기억을 가득 충전해오고 나서야 비로소 겨울이 춥지만은 않았다.

앙티브의 바다도 그러했다. 당시 오랫동안 우울한 감정에 익숙해져버린 내 마음은 어느덧 모든 열정을 잃어버린 상태였다. 바라보는 것만으로도 신기하게 가슴이 따스하게 녹아드는 앙티브 해변을 마주하니 마치 에메랄드빛 바다 전체가 거대한 난로가 돼 내 마음을 포근하게 데워주는 것만 같았다. 앙티브의 해변

앙티브의 푸른 바다와 잘 어울리는 이 조형물은
스페인 예술가 하우메 플렌자의 〈르 노마드〉라는 작품이다.

앙티브 피카소 미술관에서 그림을 감상하는 소녀.

은 나에게 속삭였다. 잃어버린 활기를, 식어버린 열정을 이제는 다시 찾을 때가 됐다고. 나는 나도 모르게 혼잣말로 속삭였다. "네 마음의 불씨를 지켜야만 해. 절망에도 굴하지 말고, 슬픔에도 굽히지 말고, 기다림에도 지치지 말기. 다만 앞으로 한 걸음 한 걸음, 굳세게 나아가는 거야."

앙티브의 바다는 멀리서 보면 너무도 따스한 에메랄드빛으로 빛나지만, 가까이 가면 한겨울 동해만큼이나 날카로운 칼바람이 불었다. 그럼에도 불구하고 그 차가운 겨울 바다를 향한 발걸음을 멈출 수가 없었다. 피부로 느끼는 바람의 온도는 차갑지만 앙티브의 바다가 뿜어내는 색채가 다사로웠기 때문이 아닐까. '모든 색채는 바다에서 태어난다'는 오래된 격언을 이해할 것만 같았다. 그 바닷물은 하나의 정해진 색깔로 반짝이는 것이 아니라 수많은 스펙트럼으로 복잡하게 굽이치는 빛의 소용돌이를 간직하고 있었다.

피카소는 〈앙티브의 밤낚시〉라는 작품을 남겼는데, 이 작품 속에서 앙티브의 밤바다는 바다가 뿜어낼 수 있는 모든 빛을 자아내는 듯 풍요롭고 다채롭다. 이 그림을 그리면서 피카소는 어린아이처럼 해맑고 꾸밈없는 기쁨을 느낀 것 같다. 밤바다는 결코 검정색이나 군청색에 그치는 것이 아니라 자세히 바라보면 수많은 빛의 스펙트럼으로 넘실거린다. 피카소는 마치 불꽃놀이를 하는 아이들의 시선처럼 경이와 환호를 가득 담아 이 그림을 그린 것 같다. 샤갈, 마티스, 피카소, 르누아르 등 파리에서 성공한 화가들은 앞다투어 프로방스로 향했는데, 그것은 프로방스야말로 사계절 다채로운 빛을 뿜어내는 장소들로 넘쳐났기 때문이다. 마티스는 니스를 선택했고, 샤갈은 생폴드방스를 선택했다. 그리고 피카소는 어린아이처럼 자유롭고 창조적인 감수성을 펼칠 무대로 앙티브를 선택한다.

피카소는 이미 열네 살 때 라파엘로처럼 그릴 수 있었지만, 어린아이처럼 그리는 데는 60년이 걸렸다고 고백한다. 기교적인 탁월함은 천부적인 재능으로 도달할 수 있었지만, 피카소가 입체파를 비롯한 수많은 화풍을 실험해볼 수 있었던 내적 자산은 바로 '아이처럼 생각하고, 아이처럼 신나게 놀고, 아이처럼 어떤 제약도 구속도 없이 그림을 그리는 천진무구함'이었다.

나는 이제 '월동 준비' 하면 앙티브의 해변이 떠오른다. 앙티브 해변은 내게 마음속에 끝없이 순수한 설렘을 간직하는 기술을 가르쳐주었다. 마음속에 영원한 어린아이를 품는 기술. 마음속 해맑은 아이를 죽을 때까지 간직하는 비결. 그 영감의 샘물을 피카소는 앙티브의 다사로운 해변에서 선물받은 것이 아닐까. 앙티브는 나에게 주머니 속 보이지 않는 손난로처럼, 마음 한구석에 좀처럼 식지 않는 열정의 불꽃을 심어주었다. 내 영혼의 손난로를 따뜻하게 만들어주는 무한한 에너지원은 여행이고 예술이고 글쓰기다. 앙티브의 해맑은 바다를 바라보고 있으면 나 또한 피카소처럼 내 마음속 영원한 '내면 아이'를 지켜낼 수 있을 것 같다.

살아 있다는 느낌,
함께 뛴다는 느낌

영국
브라이턴

나는 겨울과 봄 사이의 아슬아슬한 경계를 사랑한다. 겨울의 추위가 지겨워질 때쯤, 이제 제발 봄이 왔으면 좋겠다는 생각이 들 때. 일교차가 커지며 대낮의 햇살이 살금살금 따스해지고, 낮이 길어지는 느낌이 확연하며, 그러다가도 날씨가 돌변하며 꽃샘추위가 찾아들기도 하는 그런 시절. 아직은 차가운 밤바람에 옷깃을 여미면서도, 마침내 꽃망울을 터뜨린 목련을 바라보며 머지않아 올 '봄의 승리'를 예감하는 즈음. 이런 시절에는 봄의 기미를 예감하는 모든 자잘한 징후들에 쫑긋 귀를 기울이게 된다. 지역별로 벚꽃 개화 시기를 알아보며 어디로 꽃 구경을 갈까 고민해보기도 하고, 그러다가 너무 바빠서 결국 어디도 가지 못하고 정신없이 일터로 향하다가 가로수에 갑작스레 핀 벚꽃을 바라보며 '이제 정말 봄이로구나'하며 애틋해지는, 그런 시기.

얼마 전 그런 아름답고도 혹독한 시기를 영국에서 보냈다. 아름다움은 봄을 향한 설렘 때문이고, 혹독함은 따스한 봄 햇살을 좀처럼 기대하기 어려운 영국의 가혹한 날씨 때문이었다. 나는

359

런던에서 60킬로미터 떨어진 해안 도시 브라이턴의 눈부신 바다.

다음 책을 쓰기 위한 취재 때문에 런던에 갔다가 하루 시간을 내어 런던에서 비교적 가까운 해변 도시 브라이턴으로 갔다. 브라이턴은 런던에서 약 76킬로미터 떨어진 해안 도시다. 브라이턴으로 가면 좀 더 따스한 봄 햇살을 느껴볼 수 있을까 하는 기대감으로 설레기 시작했다. 날씨를 열심히 검색해서 조금이라도 따뜻해지는 날, 비가 오지 않는 날로 점찍었지만, 일기예보를 확신할 수는 없었다.

오전에 브라이턴에 도착했을 때는 여전히 흐린 날씨였다. 낙담했다. 파란 하늘과 푸른 바다를 보기는 글렀구나. 그런데 거리를 걷다 보니 여기저기서 도로를 봉쇄하는 것이 보였다. 자동차가 다니지 못하도록 쳐놓은 차단막이 눈에 띄었다. 무슨 큰일이라도 났나 싶어 놀란 표정으로 주변을 둘러보았더니, 브라이턴 시민들의 얼굴이 오히려 밝았다. 그날은 시민 누구나 참여할 수 있는 마라톤 대회가 열리는 날이었던 것이다. 사람들이 그야말로 쏜살같이 달리고 있었다. 거리를 걷는 사람들은 모두 패딩코트를 입고 목도리를 두르고 있는데, 마라톤 대회에 참여한 사람들은 핫팬츠에 러닝 차림이었다.

문득 지금까지와는 전혀 다른 세상이 열리는 듯했다. 마라톤 대회를 이렇게 처음부터 끝까지 눈앞에서 지켜본 것은 처음이었다. 브라이턴 해안 도로를 향해 있는 힘껏 달리는 사람들은 하나같이 눈부시게 아름다워 보였다. 인간의 달리는 몸이 그토록 아름다울 줄은 몰랐다. 남녀노소 누구나, 키가 작든 크든, 빼빼 마른 몸이든 건장한 몸이든, 피부 색깔이나 옷차림도 상관없이, 다만 그들이 바닷가를 향해 맹렬히 달리고 있다는 사실만으로도 모두가 찬란하고 눈부시게 다가왔다. 성별과 나이에 무관하게 누구나 참여할 수 있는 마라톤의 묘미는 '달리기의 기술과 속도'가 아니라 '누구나 끝까지 포기하지 않고 달린다는 사실' 그 자체였던 것이다. 살아 있다는 느낌, 나도 달릴 수 있다는 느낌에 가슴이 벅차올랐다. 그들을 따라 사진을 찍다 보니 어느새 나도 뛰고 있었다. 사람들은 얼마든지 사진을 찍어도 좋다는 듯 카메라를 향해 활짝 웃어주고 손을 흔들어주었다.

'달리는 사람들은 모두 아름답다'는 생각에 빠져 흐뭇한 미소를 짓고 있을 때, 햇살이 불현듯 따스해진 것이 느껴졌다. 마라톤 대회에 참여한 사람들의 사진을 열심히 찍다 보니 정작 그토록 갈망하던 푸르른 하늘을 못 봤던 것이다. 불과 두 시간 전만 해도 잿빛이던 하늘이 그야말로 '스카이블루' 빛깔로 물들고 있었다. 구름은 어느새 말끔하게 걷히고 눈부시게 파래진 하늘이 드넓은 바다와 함께 반짝이고 있었다. 응원하는 사람들은 오전에는 두꺼운 코트에 털모자까지 쓰고 있었지만 어느새 그들도 마라토너들처럼 하나둘씩 무거운 겉옷을 벗고 있었다. 햇살이 푸근해지고, 하늘은 높고 푸르러지고, 마라톤 대회의 열기와 응원의 열기가 합쳐져 어느새 거리는 후끈 달아올랐다. 수많은 마라토너의 얼굴에선 땀방울이 흘렀다. 마라토너는 그날 하루에 봄, 여름, 가을, 겨울의 모든 계절의 변화를 한꺼번에 느끼는 듯했다. 모두가 달리기를 멈춘 저녁이 되면 다시 기온이 떨어져 겨울처럼 두꺼운 코트를 여며야 할 것이다. 봄날의 따사로움, 여름날의 후끈함, 가

봄 햇살이 막 내리쬐기 시작한 바닷가를 열심히 달리는 마라토너들과 응원하는 시민들.

365

우연히 만난 친구일까. 처음 만났는데도 어쩌면 저토록 격의 없을까. 마라토너와 시민은 서로를 다정하게 바라보며 즐겁게 이야기를 나눈다. 등수가 중요하지 않은 브라이턴 마라톤 대회는 시민 전체의 즐거운 축제이기에, 마라토너들은 뛰다가 시민과 이야기를 나누기도 한다. 이런 따스함이 우리를 지켜주는 일상의 주춧돌이 아닐까.

을날의 화창함, 겨울날의 싸늘함, 그 모든 자연의 경이로움을 하루에 다 느낄 수 있는 축복이 봄날의 마라톤에 스며 있었다.

봄 햇살이 막 내리쬐기 시작한 바닷가를 열심히 달리는 마라토너들과 응원하는 시민들의 공통점은 '낯선 사람에 대한 다정함'이었다. 그들은 격의 없이 손을 흔들어주고, 심지어 모르는 사람들과 손뼉 치며 '하이파이브'를 나누기도 하고, 그날 처음 만났음이 분명한 이에게 물을 나누어주고 그의 어깨를 두드려주고 목이 터져라 응원을 하기도 했다. 반려견을 데리고 나온 한 시민은 이제 너무 지쳐서 거의 걷는 속도로 뛰고 있는 마라토너와 이야기를 나누며 자연스럽게 함께 걷기도 했다.

봄 바다의 아름다움은 그런 것이었다. 아침에는 겨울바람이 불더라도, 오후에는 어느덧 몰라보게 따스해진 봄바람이 불 수도 있다는 것. 어제까지의 칙칙하고 우울하던 런던의 날씨는 도대체 어디로 가버렸는지, 내 마음은 어느덧 따사로운 봄바람으로 가득 차올랐다. 언젠가는 나도 이 부족한 체력을 잘 길러서 마라톤 대회에 참가할 수 있을까. 바라보는 것만으로도 이렇게 멋진데, 직접 뛰는 것은 얼마나 멋진 일일까. 무려 1만 명이 넘는 시민이 그날 브라이턴 마라톤 대회에 참여했다고 한다. 나는 봄볕이 쏟아지는 브라이턴 해변 위로 날아오르는 새들을 바라보며 한껏 부러워했다. 나도 너희처럼 날아오를 수 있다면. 봄바람처럼, 봄 바다의 햇살처럼, 봄 바다의 파도처럼, 그렇게 가득한 설렘의 기운을 전해주는 존재가 되었으면 좋겠다. 나의 글이 당신에게 따스한 봄바람이 될 수 있기를. 어제까지는 힘든 일로 가득 한 '혹한기'였

367

던 우리 마음이, 봄 바다의 따스한 기운처럼 밝아지고 환해지고 너그러워지기를.

브라이턴에 가기 전날, 나는 런던의 템스 강변에서 코로나 바이러스로 희생된 영국인들을 추모하는 거대한 기념물을 보았다. 시민들이 코로나 바이러스로 세상을 떠난 사람들의 이름을 하나하나 붉은 하트에 새겨넣었다. 붉은 하트의 행렬은 끝없이 이어졌다. 붉은 하트 위에 사랑하는 사람들을 향한 작별인사와 애틋한 사연을 손글씨로 또박또박 쓴 것이었다. 붉은 하트의 퍼레이드는 끝이 보이지 않는 거대한 행렬을 이루었다. 떠나간 사람들을 추모하는 LED 촛불은 바람이 불어도 꺼지지 않기에 더욱 강렬하게 '아직 슬픔은 끝나지 않았다'고 증언하는 것만 같았다. 이렇게 많은 사람들이 슬픔의 강물 속을 헤매고 있다니. 그것은 분명 추모와 그리움의 고백이었지만, 나에게는 이토록 많은 사람들이 아직도 고통스러워하고 있다는 증거로도 보였다. 죽은 사람들을 추모하는 붉은 하트의 행렬은 분명 아름다웠지만, 깊은 충격으로 다가왔다. 이 붉은 하트의 추모 행렬을 본 바로 다음 날 브라이턴에 갔기 때문에, 나는 간밤의 충격에서 벗어나지 못하고 있었다. 그런데 브라이턴에서 마라톤을 하는 1만 명의 시민을 보고 있자니 '그들의 아픔과 그들의 달리기'가 불현듯 '우리의 아픔과 우리의 달리기'로 다가오는 것만 같았다.

모든 것을 잊고 무조건 앞으로, 앞으로만 달리자는 것이 아니었다. 팬데믹의 장기화로 인해 우리 인류가 견뎌온 그 모든 아픔과 그리움과 슬픔을 모두 품어 안고서, 속도를 위해서가 아니라 살아 있음을 온몸으로 느끼기 위해, 나는 어느새 그들과 함께 달리고 있었다. 그들의 가쁜 숨소리를 따라, 달리기에 젬병인 나 또한 함께 달리고 있었다. 한없이 달리고 또 달리면 우리가 감내한 슬픔의 맨 밑바닥까지 닿을 수 있을까. 한없이 달리고 또 달리면 우리가 꿈꾸는 세상 쪽으로, 희망의 저편으로 닿을 수 있을까. 브라이턴 시민들의 달리기는 우리 몸속의 칼로리만 태우는 것이 아니라 슬픔을 태우고, 후회를 태우고, 원망을 태우고, 죄책감마저 태우고 있었다. 태우고 또 태워서 우리의 집단적인 트라우마와 견디기 힘든 상실감까지도 태울 수 있다면. 달리고 또 달리고, 태우고 또 태워서 우리의 가장 아픈 기억과 슬픔의 눈물까지도 말라버리게 할 수 있기를.

'여행'이라 부르는
모든 몸짓이 아름답다

"선생님, 저는 20개국 여행이 목표입니다!" "작가님, 지금까지 몇 개국이나 가보셨어요?" "가장 오래 떠나본 기간이 며칠이세요?" 독자들은 가끔 '얼마나 오래, 얼마나 많은 도시를 다녔는가'라는 질문을 던진다. 그런데 정작 나는 '몇 개국을 여행했는지' 계산해본 적이 없다. 여행에서만은 그런 양적인 문제, '숫자'와 관련된 강박을 가지고 싶지 않았기 때문이다. 우리는 평생 계속되어온 숫자와의 씨름에 이미 지쳐 있지 않은가. 조회수와 판매량, 성적과 등수, 키와 몸무게, 지지율과 가성비, 날짜와 연차, 연봉과 부동산 액수에 일희일비하는 우리의 삶이 너무도 피곤하지 않은가. 나는 여행할 때만이라도 '숫자'를 잊고 싶다. 그러다 보니 여행할 때는 날짜와 요일마저 잊어버릴 때가 있다. 날짜와 요일조차 잊은 채 여행 그 자체에 완전히 몰입할 수 있을 때, 그때 비로소 내 여행이 정말 성공했다는 느낌이 든다. 일상의 시곗바늘 속에 일분일초를 아쉬워하며 바쁘게 뛰어다닐 때는 느끼지 못하는 해방감이기 때문이다. 주어진 시간으로부터의 해방감, 정해진 공간으로부터의 자유. 이것이 내가 여행을 멈출 수 없는 진짜 이유다. 그러므로 나에게 여행은 '얼마나 많은 나라에 가보았나'라는 문제보다 중요한 것은 '얼마나 시간의 장으로부터, 공간의 중력으로부터 해방될 수 있는가'하는 마음의 문제로 다가온다.

"남미 여행에서 어디가 제일 좋으셨어요?" "유럽에서 제일 인상 깊은 도시는 어디인가요?" "한 도시만 콕 집어서 추천해주신다면, 어디가 제일 좋으셨어요?" 이런 질문을 받을 때도 매번 난처해진다. 여행지를 마음속에서라도 1, 2, 3위 식으로 줄 세워 등수를 매기지는 않기 때문이다. 모든 색깔을 저마다의 이유로 다 좋아하는 사람에게 '빨주노초파남보' 중 어느 색을 좋아하냐고 물으면 당황스러운 것처럼. 엄마, 아빠가 모두 좋아 비교조차 해본 적 없는 아이에게, '엄마, 아빠 중 누가 더 좋냐'고 묻는 질문처럼. 가끔은 밑도 끝도 없이 이렇게 대답하고 싶어진다.

물론 마추픽추도 아름답고, 이구아수폭포도 경이로웠지만, 저는 페루의 모라이 유적지로 가는 길, 이름 모를 가옥 한 채가 자꾸 떠오릅니다. 그냥 언덕 위의 집이었어요. 아마 '혼자 찾아가보라'라고 하면 찾아가지 못하겠지요. 지도에도 나오지 않는, 아주 작고 평범한 집이니까요. 구름조차도 결코 서둘지 않고 천천히 흘러가는 곳, '어디로 가야만 한다'는 목적의식을 깜빡 잊게 하는 곳, 이름도 얼굴도 모르는 타인의 집이지만 어쩐지 문을 똑똑 두드리며 차 한잔 얻어 마시고 싶어지는 곳. 그런 장소가 제 마음을 멈추게 하는 곳입니다. 그러니까 어느 나라인지, 무엇 때문에 유명한지, 이런 것은 까맣게 잊어버리게 만드는 그런 곳이 제 마음을 뒤흔드는 아름다운 장소들이지요.

벨기에 브뤼헤의 거리 풍경. 나의 이룰 수 없는 꿈이 온 가족 유럽 자전거 일주
여행인데, 그 꿈을 이룬 사람들의 모습이 보이면 한없이 부럽다.

아이들은 처음 보는 이방인들에게도 곧잘 마음을 열어준다. 아비뇽에서 만난 이 소년은 거리의 버스커 옆에 다가가 자기도 연주하겠다며 빈 막대기를 열심히 불어본다.

교통 체증에 꽉 막혀 오도 가도 못 할 때, 약속 시간에 늦지 않으려고 지하철을 탔다가 지하철 승객이 너무 많아 '몸싸움'을 이기지 못하고 내리는 역을 놓쳐버렸을 때, 나는 묻게 된다. 우리는 저마다 어디로 가기 위해 이렇게 좋은 날 이 심각한 교통체증을 견디며 꾸역꾸역 거리로 나가는 것일까. 저마다의 목적지는 있지만 과연 그 목적지가 우리를 행복하게 해주고 있을까. 우리가 이렇게 바삐 살아가는 동안 우리 자신도 모르게 놓치는 생의 아름다움은 무엇일까. 목적지 중심의 사고, 목표 중심의 사유는 편의주의로 가는 지름길이다. 나는 조금 더 느리게 살고 싶기에 '목적지'뿐 아니라 '가는 길'도 아름다웠으면 좋겠다. 삶도 여행도, 인간관계도 일도, 조금 더 느려도 좋으니 '목표'만이 아닌 '과정'이 탄탄하고 진실했으면 좋겠다. "여행지에서 뭐가 그렇게 좋았어요?" "페루에서는 어디가 제일 좋았나요?" 이런 질문을 받을 때마다 '가는 길의 아름다움'을 생각한다. 마추픽추만이 아니라 마추픽추로 가는 길의 아름다움을, 이구아수폭포만이 아니라 이구아수폭포에 가기 위해 들렀던 그 모든 이름 모를 장소들의 아름다움을. 콕 집어 설명할 수 없는, 과정의 아름다움을. 아마도 일생에 단 한 번뿐일, 낯선 길을 그냥 무작정 걷는 몸짓의 아름다움을.

아름다운 목적지를 찾아 떠나는 여행이 아니라도 좋다. 지도에서도 찾을 수 없는 완전히 낯선 곳이어도 좋다. 여기가 어딘지조차 잊게 만드는 장소의 고즈넉한 아름다움, 길치인 내가 아무리 다시 찾아오려고 해도 틀림없이 헤매다가 다시 못 찾을 것이

뻔한 장소의 아름다움을 알게 되었다. '나는 이겨낼 수 있을 거야, 나는 강인한 사람이니까'라는 터무니없는 자신감 때문에 고산병의 무시무시한 고통을 제대로 알게 해준 쿠스코의 험준함과 가파름조차도, 내게는 여행지에서 경험한 '과정의 아름다움 컬렉션'의 일부다. '나는 강인하다, 웬만한 고통은 견뎌낼 수 있다'라는 무지막지한 자기암시보다는 '다음에는 꼭 고산병 약을 먹고 가야겠다!'는 현실적인 대비책이 훨씬 성숙한 태도임을 이제는 안다. 낯선 장소의 아름다움을 찾으러 떠나는 여행에서 정작 찾아낸 것은 '나조차도 몰랐던 나'일 때, 그럴 때 우리는 '장소의 수집 욕구'를 뛰어넘는 더 깊은 욕망의 차원과 만날 수 있다. 나는 장소를 수집하고 싶지 않다. 지구상의 모든 나라를 여행하는 것이 목표도 아니다. 인증 숏을 전혀 남기지 않아도 좋다. 그때 그곳에서 '평소에는 잘 쓰지 않던 감성의 근육'을 발견하는 것만으로 만족한다. 이제는 알기 때문이다. 아주 작은 깨달음, 지극히 사소한 미소, 어쩌면 단 한 번뿐일 안타까운 스쳐감만으로도 여행은 우리에게 참 많은 것을 선물한다는 것을.

여행지에서 나는 '장소'보다도 '사람'을 더 유심히 바라볼 때가 많다. 관광객들과 기념사진을 찍어주며 돈을 받는 현지인들의 모습을 불쾌해하는 사람들도 있지만, 그 또한 여행지의 가지각색 풍경 중의 일부가 아닐까. 아마 저분을 볼 수 있는 것은 이번 생에 마지막일 거라는 생각이 들 때, 처음 보는 사람이라도 무조건 애틋해진다. 여기가 어디인지 몰라도 좋으니 그냥 저 사람과 다정하게 수다를 떨고 싶어지는 순간. 내가 왜 이렇게 갑자기 적극적으로 변한 것일까, 흠칫 놀란다. 나는 어쩌면 평소의 '나라고 믿었던 내 모습'이 오랫동안 '내 안의 또 다른 나'를 억압하고 있었던 것은 아닌지, 모르는 사람에게 말을 거는 것을 무조건 싫어할 정도로 마음을 꽁꽁 싸매고 살아온 지난날이 얼마나 자기방어적이었는지를 생각해보게 된다.

그런가 하면 정말 설명하기 어려운 기시감을 맛볼 때도 있다. 페루의 이카 사막 한가운데서 나는 이상한 기시감을 맛보았다. 내가 생각하는 사막이 바로 이런 것이었구나, 꿈속에서 본 것처럼, 오랫동안 상상해오던 이미지가 현실 앞에 나타난 것처럼, 이카 사막은 기이하게 친숙하고 따스했다. 이런 곳을 어떻게 설명해야 할까. 우리는 어떤 장소를 설명할 때 꼭 이런 것을 묻는다. "거기 랜드마크가 될 만한 곳이 없나요?" "지금 어디세요? 커다란 간판이나 건물 로고 같은 것 보이지 않나요?" 그런데 사막에는 랜드마크가 없다. 사막의 당혹스러움은 바로 그것이다. '여기가 어디쯤이다'라고 설명할 수 없는 막막함, 그 알 수 없음이 사막의 신비와 매혹을 담당한다. 여기가 어디인지 GPS를 켜야만 알수 있을 것 같은 그런 곳은 '목적지 중심의 사고'를 멈추게 한다. 꼭 여기가 어디인지 몰라도 될 것만 같은 느낌, 꼭 멋지고 아름다운 곳에 가지 않아도 될 것 같은 느낌, 그냥 내가 서 있는 이 사막의 한가운데가 지금 내가 꼭 있어야 할 안성맞춤의 자리인 것 같은 느낌에 사로잡혀 있는 그 순간이 좋았다.

파라카스의 칸델라브라는 물개섬이라 불리는 바예스타스섬

한겨울에 여행하다 보면 닫힌 박물관도 많지만 뜻밖에 열려 있는 곳들도 많다. 프랑스 남부의 해안 도시 멍통에서 장 콕토의 아름다운 작품을 만났다. 이 커다란 방 전체가 하나의 웨딩홀이자 장 콕토의 미술작품이다. 벽면과 천장화까지 장 콕토가 그린 이 방의 분위기는 사랑, 로맨티시즘, 무조건적인 환대였다.

페루의 이카 사막. 사막 한가운데에 거대한 오아시스 마을이 있어서 유명해졌지만, 이카 사막의 훨씬 많은 부분은 이런 전형적인 사막의 모습이다.

페루 파라카스의 칸델라브라. 바다 한가운데 우뚝 솟은 사막이 있고 그 사막 위
에 촛대 모양의 지상화가 아로새겨져 있다.

아바나에서 나를 처음 보자마자 환하게 웃어준 아이들. 여행의 눈부신 기쁨은
바로 이런 환대의 미소에서 시작된다.

으로 배를 타고 가는 중에 갑자기 섬광처럼 나타났다 사라지는 신기루처럼 가슴에 남아 있다. 바다 한가운데 덩그러니 사막이 들어앉은 것도 신기한데 그 위에 그야말로 촛대(Candelabra, 스페인어로 촛불 또는 촛대)를 꼭 닮은 거대한 문양이 마치 거인이 장난삼아 사막 위에 휙 낙서한 것처럼 선명하게 각인되어 있다. 칸델라브라는 처음에는 너무 당황스러워 머릿속을 빠른 속도로 강타하고 급히 스쳐 지나갔지만, 다녀온 뒤 몇 달 뒤에 가장 오래 기억에 남는 절경 중의 하나가 되었다. 끝없는 바다 위에 난데없는 사막, 그리고 그 사막 위에 거대한 촛불이 켜져 있는 느낌이다. 진짜 타오르는 불이 아니기에 오히려 영원히 켜져 있는 느낌으로 남아 있는. 칸델라브라를 생각하면 내 어두운 가슴 속에서 촛불 하나가 켜지는 느낌이다. 그 사막 위의 촛대는 나에게 이렇게 속삭이는 것만 같다. 어디서든 영감의 촛불은 켜질 수 있어. 사막 위에서도, 바다 한가운데서도, 영감의 촛불은 켜질 수 있어. 그러니 포기하지 마. 글쓰기로 너의 존재 자체가 사람들에게 작은 촛불이 될 수 있다는 희망을. 네 가슴속에서 아무리 힘든 순간에도 결코 포기할 수 없었던 글쓰기의 꿈을. 그리하여 오늘도 나는 휴대전화 속에 고이 저장해둔 칸델라브라의 사진을 꺼내어 쓰다듬어본다. 마치 한붓그리기를 하듯 촛불을 닮은 칸델라브라의 윤곽선을 하나하나 따라 그려본다. 그리고 오늘도 힘겹지만 포기하지 않기로 한다. 내가 좋은 글을 쓸 수만 있다면, 그 글이 누군가의 가슴속에서 사막 위의 난데없는 촛불이 되어 그가 오늘도 견디어야 할 생의 어둠을 밝혀주리라는 희망을.

내 인생에는 자랑과 굴욕이 있고,
사랑과 미움이 있고, 행복과 슬픔이 있다.
하지만 여행하는 순간에는 그런 구분이
와르르 무너져내렸다.
여행하던 그 모든 순간은 하나같이
환하게 빛났다.

정동진 해변 위에 찍힌 발자국을
바라보면서 나는 '내 인생의 발자국'이
가장 해맑게 빛나는 시간이
바로 여행하는 순간임을 깨달았다.
일상의 뒤치다꺼리에
잠식되지 않는 시간,
타인의 시선에 일희일비하며
마음의 상처를 받지 않는 시간,
여행하는 시간의 발자국을 조금씩 늘리는
것이 내 삶의 작은 목표가 되었다.

생의 끝자락에서 발견한
내 마지막 여행의 추억들이
부디 아름답고 부산스럽기를 꿈꾸며.

여행의 쓸모

초판 1쇄 발행 2023년 5월 31일
초판 4쇄 발행 2023년 7월 12일

글 정여울
사진 이승원

편집인 이기웅
기획 북케어
책임편집 주소림
편집 안희주 · 양수인 · 김혜영 · 한의진 · 이원지 · 오윤나 · 이현지
디자인 박세리
책임마케팅 김서연 · 김예진 · 박시온 · 김지원 · 류지현 · 김찬빈 · 김소희 · 배성원
마케팅 유인철 · 이주하
경영지원 김희애 · 박혜정 · 최성민 · 박상박
제작 제이오

펴낸이 유귀선
펴낸곳 ㈜바이포엠 스튜디오
출판등록 제2020-000145호(2020년 6월 10일)
주소 서울시 강남구 테헤란로 332, 에이치제이타워 20층
이메일 odr@studioodr.com

979-11-92579-71-9 (03810)